浅草鬼嫁日記　八

あやかし夫婦は吸血鬼と踊る。

友麻　碧

富士見L文庫

目次

浅草鬼嫁日記 登場人物紹介

あやかしの前世を持つ者たち

夜鳥（継見）由理彦

真紀たちの同級生。人に化けて生きてきたあやかし「鵺」の記憶を持つ。現在は叶と共に生活している

茨木真紀

かつて鬼の姫「茨木童子」だった女子高生。人間に退治された前世の経験から、今世こそ幸せになりたい

天酒馨

真紀の幼馴染みで、同級生の男子高校生。前世で茨木童子の「夫」だった「酒呑童子」の記憶を持つ

前世からの眷属たち

《酒呑童子四大幹部》

熊童子　虎童子

いくしま童子　ミクズ

《茨木童子四眷属》

深影　水連

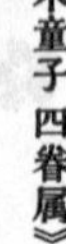

木羅々　凛音

周辺人物

おもち

津場木茜

叶冬夜

僕の名前は来栖未来。

もう、この世に存在しないことになっている、ある少年の名前。


幼い頃、人ではない、何かとても大きなものに勝手に憎まれ、両足を食いちぎられた。

日中の、小学校の校庭での出来事だ。

あり得ない場所で起きた、あり得ない事件。

僕はすぐに救急車で運ばれ、しばらく生死の境を彷徨った。

運良く一命を取り留めたが、両足を、説明のできない〝何か〟に食われたなんて、誰に話しても信じてもらえない。

僕だって分からない。

なぜ、誰にも見えないものが見え、それが、当たり前のように僕を憎むのか。

僕は両足を失い、車椅子の生活を余儀なくされた。

両親もまた、このような不可解な事件に巻き込まれる僕を、全く理解できなかった。

この事件だけでなく、それまでも、それ以降も、僕は妙な事件に巻き込まれ、傷つき、何度となく死にかけた。

精神的にも肉体的にも追い詰められた両親は、僕が何かに取り憑かれているのだと本気で考え、あちこちの霊媒師を頼って回った。しかし、どれもインチキな商売をしている得体のしれない輩ばかりで、解決の糸口は見つからない。

そのうちに、僕の噂をそのインチキな連中から聞いたのか、とある外国人の女が僕を訪ねてきた。

その女の名はエキドナ。

エキドナは言った。その苦しみから解放してあげよう、と。

両親は、この怪しい女に頼らざるを得ないほど、疲れ切っていた。

それこそ、僕の周りに集まる悪意あるあやかしたちの霊気に当てられたかのように、目の下の隈は黒くくすみ、体は不健康なまでに痩せてしまっていた。

エキドナは何度か訪ねてきて、両親を言葉巧みに洗脳した。

時に優しく、時に激しく、両親の心を鷲掴んだ。

『この子は呪いにかかっているんだよ。この呪いを解くために、この子は日本を出なければならない。まずは私に、この子を預けてごらん……』

両親は素直に従った。僕のことを想ったのかもしれないが、そんなことよりも、僕をどこか目の届かない場所に追いやりたい気持ちが、とても大きかったのかもしれない。

エキドナは、不思議な魔術で両親から僕の記憶を消し、金と権力を使って僕の存在をこの世から消した。僕が火災で死亡したように偽装したのだ。

そして僕を連れて、この日本を出た。

僕は、僕自身が、両親をあれほどに傷つけ、病ませてしまったのだという罪悪感から、エキドナに大人しくついていった。

僕を襲う禍々しいものの正体を知りたかったし、どうせもう、両親は、僕を覚えてはいない。僕の居場所など、どこにも無かったのだから。


エキドナの言ったことが一つ、正しかったとすれば、それは僕が日本という国を出れば、理不尽にあやかしに命を狙われることはないということだ。

僕の呪い、すなわちあやかしから向けられる憎悪のようなものは、どうやら日本の妖怪に限定されるものらしい。

しかし、エキドナという女は、異国の海賊バルト・メローのボスだった。

日本のあやかしに狙われなくなったとはいえ、僕の生活は、日常は、更なる地獄に変わってしまう。

バルト・メローという海賊は、世界中の人外生物、いわゆる異国のあやかし、モンスター、幻獣や怪物などの類を狩っては、コレクターどもに莫大な金で売る商売をしていた。

そのために、数多くの戦士を育てていたのだ。

これらの戦士は、俗に〝狩人〟と呼ばれていた。

狩人になる条件は、まず、あやかしの見える目を持っていること。

戦えるだけの霊力を備えていること。

あとは、まあ、様々な実験に耐えられるだけの逸材であることだ。

多くの子どもが、世界中から攫われたり、児童養護施設から貰われたり、僕のように存在を消されたりして、海の上の船へと連れてこられた。

そして、本来の名を捨て、コードネームで呼ばれて育てられていた。

僕につけられた名前は、ライ。

無くなっていた両足に特別な義足を与えられ、僕は立って歩く術を手に入れた代わりに、あらゆる実験に耐え、多くの術を覚え、異国の人外生物を狩った。

僕をこのような地獄に落とした化け物どもを狩るのは、敵の特徴を知り、やり方さえ覚えてしまえば、そう、難しいことではなかった。

だけど僕の周りの子どもたちは、年上も年下も、血を吐くほどの訓練と実験に耐えられずに、次々に消えていく。もしくは諸々の数値が悪くて、気がつけば、いなくなっていたりする。

見える子どもたちが使い捨てられている。

僕もいつか、ボロボロになるまで使われて、壊れたら捨てられるんだ。

死にたいと何度も思ったが、僕は生き残った。自覚などなかったが、いつの間にか周りより、ずっと優秀な狩人になっていた。

僕の霊力は、周りの子どもたちに比べてはるかに恵まれており、そして、その手のものを狩る才能を秘めていた。

だがある時、バルト・メローの船が一度日本に戻ったことをきっかけに、僕は激しい頭痛に襲われるようになる。

いっそ死んだほうがマシだと思えるほどの頭痛。

この頭痛に見舞われる時、自分の周囲を〝黒い手〟のようなものが揺蕩い、僕の頭をもぎ取り、体を捻じ切ってしまおうとする。

なんだ、これは。

あやかしに直接命を狙われずとも、この黒い手が現れたら、奴らにつけられた古傷が痛み、脳内で何かが暴れまわるような頭痛に苛まれる。

こんな事になったのも、全て、日本のあやかしどものせいだ。

あいつらが居なければ、僕はいまでも両親と幸せに暮らしていたし、足を失わずにすんだし、こんな地獄で、血に染まるような生活をすることもなかった。

狩人の仲間はいたが、仲良くなっても、どこかでそいつが死んでしまう。

いつもいつも。何度も何度も。

とても辛かったから、僕は、狩人の仲間達とも特別親しくならないよう心がけた。

じくじく、じくじくと。

孤独感と憎しみ、黒い灰のようなものを心の内側に降り積もらせていた。

そんなある日、バルト・メローの船に、ある日本の大物妖怪たちがやってきた。

エキドナは、自身の商売の協力者である大妖怪たちを招くことがあって、僕は本能的にそのあやかしを憎み、恐れた。

しかし、

「怖がることはありませんよ。妾は、あなたの味方です。妾は、あなたをよく知っているのだから」

そう言って、僕を優しく抱きしめたのは、一匹の女狐だった。

二本の尾を持つ、美しい白狐。名はミクズ。

「んふふ。やっとあなた様を見つけました、尊いお方。あなたの望む方へと妾が導いてさしあげましょう。妾はあやかしですが、あなたの求める〝答え〟を、知っているのですよ」

ミクズ様はエキドナの目を盗み、僕に多くのことを教えてくださった。

なぜ僕がこれほどまでに不幸で、あやかしたちに狙われ続け、死にたくなるほどの頭痛に襲われるのか。

ミクズ様はおっしゃった。

それはあなたの、前世に関係がある、と。

「前世？　前世って何？」

「あなたがこの世に生まれてくる前にあった、人生のことですよ。ライ。あなたは一千年前に実在した、源頼光（みなもとのよりみつ）という人間の、生まれ変わりなのです」

「…………」

僕はしばらくぽかんとしてしまった。一千年前って、どんな時代だっけ？

「というか、源頼光って……誰、それ」

残念ながら、僕は日本の歴史にそう詳しくない。

「源頼光は、平安時代の高名な退魔の武将です。あなたがあやかしたちから嫌われ、憎まれ、命を狙われ続けるのは、かつて源頼光が、それだけ多くのあやかしを葬ったからなのですよ。あなたを襲う黒い手は、源頼光に殺されたあやかしたちの怨念、悪霊のようなものなのです」

途方も無い話だ。僕はまた絶望した。

「そんなの、そんなの僕には関係ない……っ。何も覚えてないのに。僕が殺した訳じゃないのに！　どうして僕が、そんな業を背負わなきゃならない！」

「んふふ。おっしゃる通りですわ。しかし多くのあやかしが、あなたの魂の匂いを覚えているのです。妾もまた、その匂いをよく覚えているあやかしの一人」

ミクズ様の獣の瞳が、ぼんやりと光る。

僕を捕らえて離さない。

「カルマ。因果応報――だからあなたに、たどり着いた」

もし本当に、僕に〝源頼光〟の前世があったなら、当時の僕とミクズ様は、どのような関係だったのだろう。何故彼女は、こんなに詳しいのだろう。

ミクズ様はクスッと笑うと、

「生き延びるには、あなたは今世も多くのあやかしを葬らなければならない。それが運命なのです」

「そんな……っ、そしたらまた僕は狙われるじゃないか！　あやかしの怒りを買い続けるじゃないか！　未来永劫(えいごう)、何度、生まれ変わっても……っ！」

死んでもこの呪いから解き放たれることはない。

それが運命だというのなら、僕は何に希望を抱いて生きていけばいい。

何を救いだと思えばいい。

僕は地面に伏せて、嘆き悲しみ、涙を流す。

「ひとつだけ……あなたをその運命から解き放つ方法があります」

そんな僕に、ミクズ様が声を潜めて耳元で囁(ささや)く。

「あなたの中には、かつて源頼光が葬った〝酒呑童子(しゅてんどうじ)〟と言う鬼の魂も眠っています」

「鬼……？　酒呑……童子？」

僕は顔を上げる。その名は、どこかで聞いたことがある気がしていた。

「ええ。酒呑童子の魂と、源頼光の魂が反発しあうせいで、あなたは酷(ひど)い頭痛に苛まれているのです。感じたことはありませんか？　身を裂くような、痛みを」

「…………」

「その苦しみから解き放たれるには、鬼の魂こそを目覚めさせ、自らが酒呑童子となる他ありません」

「み、自ら……？　鬼になれってこと？」

「ええ、そうです。そうすれば身を裂くような頭痛も治り、あなたの魂の匂いも変わりましょう。あやかしたちに、命を狙われることもなくなる」

　ミクズ様の話も、にわかに信じられなかったが……

「わかった。そのためには、どうしたらいい」

　とにかく、この状況を改善できるのなら、藁（わら）にもすがる思いだった。

　ミクズ様は口元に艶（なま）めかしい弧を描き、告げる。

「実は、酒呑童子の魂を宿す人間が、もう一人います」

「え？」

「その者の名は天酒馨（あまさけかおる）。あなたと同じ歳の少年です。ですがあなたと違って、酒呑童子の生まれ変わりとしてあやかしたちに頼られ、愛され、とても平和な日々を過ごしている」

「…………」

「普通の人間として、学校にも通っているのですよ。あなたと同じように、酒呑童子の魂を半分宿しているに過ぎないのに」

　まるで、僕とは正反対の生活だ。僕と同じ、はずなのに。

「彼を殺し、分裂した魂の片割れを吸収するのです。そして、あなたが完全なる酒呑童子になってしまえばよい。酒呑童子となれば、源頼光の魂は押し負け、消滅し、あやかしたちがあなたを嫌うことはなくなります。なにせ、あやかしの王ですもの」

「……あやかしの、王」

酒呑童子になるという時点で、僕は僕ではなくなるのかもしれない。

僕という存在は、消えて無くなるのかもしれない。

だけど、いいや。

もうすでに消えて無くなった存在だ。

世界からも、両親の中からも。

「これを了解してくださったら、妾があなたを自由にしましょう。バルト・メローなど、壊して差し上げますよ」

ミクズ様はもう一つ、僕の耳元で囁く。

海賊バルト・メローの破壊。

それは、僕の中に密かに芽生えていた、願いの一つでもあった。

「……わかった。ミクズ様の言う通りにしよう。僕が、もう一人の酒呑童子の魂を宿す者を、斬ろう」

散々、残酷なことをして、あやかしたちを殺してきた。

今更、たった一人の人間を斬る事に躊躇いなどない。

自分が自由になり、苦しみと恐怖から解き放たれるのなら、それでいい。

今まで散々苦しんだんだ。僕が僕の幸せを願ったって、いいじゃないか……

ミクズ様は、そんな僕を満足げに見て、

「そうそう」

ふと、その話を切り出した。

「酒呑童子には、かつて最愛の妻がいたのですよ」

「……妻？」

「ええ。妻であった鬼の名は、茨木童子（いばらきどうじ）。彼女もまた、現代に生まれ変わっているの」

「………………」

その名を聞いた時、なぜか、ドクンと胸が高鳴った。

「あなたが酒呑童子となったあかつきには、前世の運命の導きのまま、あなたを心から愛し、癒（いや）してくださるでしょう」

まるで、一筋の光が射してくるかのような、高揚感だった。

それは、胸に宿った希望。

茨木童子の生まれ変わりである娘の存在は、僕の心を、強く強く揺さぶっていた。

僕は誰からも嫌われ者で、憎まれ者で、ずっと一人ぼっちだった。

だけど、その娘、だけは。

もしかしたら、僕を愛してくれるかもしれない。

僕を求めてくれるかもしれない。

どんな子だろう。

早く。早く、会いたい……

その娘の名は、茨木真紀と言った。

真紀と初めて出会ったのは、狩人仲間と浅草に狩りに行った時のことだ。

赤みがかった緩やかなくせの髪を持つ、可憐な少女……

真紀は、僕が慣れないレストランで困っていたところを助けてくれた。

その姿を見るだけで、声を聞くだけで、胸が高鳴っていた。会うのは初めてだったのに、

胸に湧くこの感情は、何だ？

だけど、真紀は……

彼女は既に、もう一人の酒呑童子の生まれ変わりと出会っていた。

そしてお互いに、愛し合っていた。

そう。片割れの天酒馨だ。

天酒馨は、酒呑童子の記憶を、生まれつき持っているらしい。僕には無いものだ。

そのおかげで真紀とは同じ記憶を共有できるし、お互いを信じられる。

なぜ？

僕だって、酒呑童子の魂を宿しているのに。

源頼光の魂の方が色濃いからだとミクズ様は言ったが、その源頼光の記憶ですら、僕には無い。

先日、隅田川の河川敷で再び出会った時、真紀は僕に言った。

私たちはゼロなのだ、と。

それはおかしい。

僕は君を見ると、君の声を聞くと、泣き出してしまいそうなほど君を愛おしいと思うのに。この感情が、胸を裂いて飛び出して行きそうなのに。

ゼロなら、こんなものを持っているはずがない。

きっとこれこそ、酒呑童子の記憶であり、感情だ。

酒呑童子の感情があるということは、やはり僕もまた、酒呑童子の生まれ変わりなのだ。

だけど真紀は信じてくれない。

僕を睨み、恐れ、憎んでいた。

今まで僕が出会ってきた、多くのあやかしのように……

○

「真紀は、天酒馨が好きなんだ。僕ではなく、もう一人の方が」

暗い部屋の片隅に寝転がって、僕はボソッと、そう呟(つぶや)いた。

ちょうど、死にたくなるほどの頭痛に耐えた後だった。

「僕が馨を殺したら、きっと真紀は、悲しむだろう」

僕を憎むだろう。

そして二度と僕を許してはくれないだろう。

真紀に嫌われたくない。真紀に嫌われたら、もう何の希望も見出(みいだ)せない。

暗い部屋に唯一ある、四角い小窓。

そこから差し込む一筋の光。

これが、僕にとっての、真紀なんだ。

「気弱になってはいけません、ライ」

だが、いつの間にか、部屋の最も暗い場所にミクズ様が立っていて、僕に優しく囁きかけている。

ミクズ様の尾は、すでに一つしかない。

「茨木真紀は間違っている。あなたも、天酒馨も、半分ずつ酒呑童子の魂を持っているというのに、あちらだけを愛しているなんて」

「仕方がない。選ばれたのは、あっちだったんだから」

「ですが、天酒馨を殺し、酒呑童子の残り半分の魂を嚙み砕いて取り込みさえすれば、あなたは完全な酒呑童子の生まれ変わりになれる。そうすれば、あの娘は、あなたを愛するほかなくなるのです。だってあなた以外に、前世の夫はいないのだから」

「……そうだろうか。僕には、そうは思えない」

僕には、真紀が天酒馨自身を愛しているように見えた。

酒呑童子の生まれ変わりだからというより、彼自身を。

「もう何が何なのかわからない。どうせ僕なんて誰にも愛されない」

「………………」

自分でそう言っておきながら、猛烈に泣きたくなった。

孤独が強調されるだけなら、惨めな気持ちが体を蝕むだけなら、茨木真紀に会うべきではなかった。なかったのに……

「ならば、一生、その呪いと苦しみを背負いますか？　たった一人で。一人ぼっちで」

「………………」

「天酒馨を葬ったならば、あなたは苦しみから解放される。天酒馨を葬ったならば」

ミクズ様のそれは、暗示のように、僕にこびりついていく。

僕は天酒馨を葬らなければならない。あの子を悲しませたくない。

いや、ダメだ。そんなことをしたら真紀が悲しむ。僕は。

真紀も両親があやかし関連の事故で死んだと、調査書に書いてあった。

きっと彼女が悲しい思いをした時に、天酒馨がずっと側にいたのだろう。

今世積み上げた絆があってこその、最愛の人なんだ。

「はあ。ならば妾が、茨木真紀を殺すまで」

「……え」

僕は思わず、起き上がる。ミクズ様の言葉に、大きく目を見開きながら。

「んふふ。あなたが悪いのですよ、ライ。あなたが酒呑童子になり、茨木真紀を手懐けてくれさえすれば、茨木真紀は脅威で無くなるというのに。殺さずに済むというのに」

「………」

ミクズ様の眼は鈍く光り輝き、言葉に嘘はないのだと僕に理解させる。

僕は、全てを教えてくれた彼女に感謝をしているけれど、一方でこの大妖怪が、とても残酷で冷酷なことを知っている。

わかっている。

真紀が、僕を愛してくれないことなど。

だけど、せめて僕は君を守りたい。ミクズ様の狙いは天酒馨なんだ。

あの男の側にいると、いつか必ず、君は死んでしまう。殺されてしまう。

ミクズ様の背後には、君を狙う大妖怪たちが、数多く控えているのだから。

「待って！　待ってください、ミクズ様」

「………」

僕はミクズ様の足元で土下座して、懇願した。

「僕は、僕が、天酒馨を……殺します……っ」

ミクズ様は、僕の頬をその冷たい両手で撫(な)でて、顔を上げさせる。

彼女は仄(ほの)かに頬を染め、優しく微笑んでいた。恐ろしいまでに、優しく。

「よく言いましたね、ライ。それではあなたに、私の呪力(じゅりょく)の一部を与えましょう。その力で、確実に天酒馨を葬るのです」

そして僕の唇に、冷たく艶(なまめ)かしい唇を重ねた。

その時、僕は思った。きっともう、引き返せやしないと。

真紀。僕は君を守るために、天酒馨を殺す。

たとえ君に、この命が終わる最後の瞬間まで、憎まれようとも。

第一話　三社祭

　私の名前は茨木真紀。高校三年生。

　千年前に実在した、茨木童子という鬼の生まれ変わりである。


　今日も今日とて、赤みがかった髪が寝起きで爆発している。そのままベランダに出て、心地よい日差しに満足げに微笑み、んーと背伸び。

「ぺひょ〜」

「あ、おもち、おはよう。今日もいい天気ね」

　ペン雛のおもちが目を擦りながら、愛用の毛布を引きずって起きてきた。

　足元で抱っこを要求するので、私はおもちを抱き上げる。

　この子はツキツグミという、化けるのが得意な鳥のあやかし。なぜかペンギンの雛の姿になったまま、もう一年近くが経過する。まだまだ子どもで甘えたがり。

「ねえおもち。今日から三社祭が始まるのよ。浅草がとても賑やかになるの。街が凄いことになるから、おもちびっくりしちゃうかも」

「ぺひょ？」

おもちは何のことだかよく分かっていない。

このつぶらな目は、朝ごはん何かなって考えてる、そんな顔。

「平和ねえ」

呑気なおもちを見ていると、こちらも穏やかな気持ちになるというものだ。

ゴールデンウィークに、大分の馨の祖父母の家に赴いてからというもの、気候も相まって、とても穏やかな日々が続いている。

それがたとえ、嵐の前の静けさなのだとしても。

「馨、おはよ〜」

「……はよ」

「何だかまだ、眠たそうね、馨」

いつもなら通学前に、同じアパートの天酒馨が私の部屋まで迎えに来てくれるが、今日は珍しく私が先に家を出て、彼を迎えに行った。

馨は私の幼馴染。そして一応、私の彼氏。

まあ、本当は、学生のお付き合いどころではない関係なんだけど。なんせ、彼は酒呑童子という鬼の生まれ変わりで、私たちは前世で夫婦だったからね。

家を出て歩いていても、馨はどこか眠そうにしていて、さっきから大きなあくびを何度もしている。せっかく千年に一人の美男子と言われているのに、今日はちょっと締まりのない顔だわ。ええ、ほんと。

「どうしたのよ。昨日、遅くまで起きてたの？」

私は、そんな馨の顔を覗き込む。

「そりゃお前、もうすぐ全国模試があるだろうが。志望校の判定も出るし、そもそも受験生だし、本腰入れて勉強し始めねーと」

「…………」

「あ。お前、露骨に目ー逸らしやがって」

馨のご指摘通り、まだまだ受験勉強に本腰が入ってない私は、遠い空の彼方を見上げている。宿題は真面目にやっているつもりだけれど、それだけじゃダメなのが受験勉強だ。

高校受験の時は、馨と由理と同じ高校に行きたくて死に物狂いで勉強した。だけど大学受験となるとそうもいかない。私たちの道は三方向に分かれ始める。

馨は普通に大学受験。

由理は叶先生の式神だから多分受験はしない。

私は……どうしたものかしら。

いつまでも三人組の高校生でいたかったのに、残り時間は、きっと私が思っているより短いのだ。

「今まで、あんまつっこんでこなかったけどさ。真紀、お前どうするんだよ、受験」

いよいよこの件について馨に聞かれてしまい、私はあからさまに、肩をびくりと上げてしまった。

「う、うん。一応は、色々、考えてるんだけど」

「目が泳いでますよー真紀さん」

馨がじーっと私の方を見ている。

以前、陰陽局の津場木茜に京都の学校を勧められた。陰陽局が運営する、京都の退魔師専門学校だ。

私はまだ、このことを馨に伝えられていない。

鬼の記憶、人間の退魔師に打ち倒された前世を持ちながら、今世では退魔師になるための学校に通おうなど、そう簡単に言えるはずがない。私の心も、まだ固まっていないのに。

「ねえ馨、私がどんな学校を選んでも、馨は許してくれる？」

「どうして俺の許可がいるんだよ。お前の進路だし、お前の人生だし、お前の行きたい学校に行けばいいだろう」

「それは……そうなんだけど」

私の反応があやふやだからか、馨が妙な顔して私を見下ろしている。

国際通りに出て、ちょうど眷属である水蛇の大妖怪・水連の営む薬局の前までついたので、この話は一時中断。

学校へ行く前に、おもちをスイの営む薬局に連れて行くのが、私たちの日課だ。まるで出勤前の夫婦が、我が子を保育園へ連れて行くかのごとく。

「おはよ～真紀ちゃーん。今日から三社祭だねえ。晴れそうだねえ、よかったねえ」

玄関先で、スイが毎度のテンションで私たちを出迎える。

「おはよ、スイ。スイもお祭りに参加するの？」

「もちろんだよ～。浅草地下街に所属しているあやかしたちが、浅草の狭間を練り歩くお神輿もあるから、今日はそっちの準備に行かなくちゃ。ついでに馴染みの妖怪仲間とお酒を飲みまくるわけ。これが毎年の楽しみなわけ。おもちちゃんも、賑やかなのは好きだろう～？」

「ぺひょぺひょっ」

スイにお腹をくすぐられるおもち、多分よくわかってないけど、元気よく鳴く。

「悪いわね。忙しい時に、おもち預けちゃって」

「大丈夫大丈夫。うちには保育士さんがいっぱいいるからね～」

スイが苦笑しながら、振り返って指をさす。居間からミカと木羅々がひょこっと顔を出してこっちを見ていた。

二人とも、かつての茨姫(いばらひめ)の眷属仲間だ。まあミカとスイは今世も眷属になったけれど。

私はスイ越しに、二人に「おはよ」と声をかける。

「おはようございます！」

「おはようなのよ〜」

ミカと木羅々の声に反応してか、おもちが私の腕から飛び出して、そちらへと駆けていった。ペチペチと足音を鳴らして。

毎日遊んでくれるお兄さんとお姉さんが大好きなのね。

「それにしても、馨君どうしたの？　今日はやけに静かだねえ。眠そうだねえ」

「うるせーよ」

スイに言われつつも、大きなあくびをする馨。

「眠気覚ましの、にっがいお茶飲んでくかい？」

「嫌だ。お前のその手のお茶、マジで苦いから」

そんなこんなでスイの薬局を出て、私たちは上野(うえの)にある学校へと、歩いて向かった。

さっきまでしていた進路の話を再開することはなく、内心私はホッとしつつ、

「今日の大行列、学校があるから見られないけれど、きっと多くの人が浅草に来るんでしょうね。馨は今日の夕方から屋台でアルバイト？」

「ああ。稼ぎ時だからな」

「たこ焼き？　焼き鳥？」

「チーズハットグだ」

　これまた、今時の売れ筋を……

「チーズハットグかあ。そういやクラスの女子たちが、美味(おい)しいって言ってたなあ。私も食べに行こうかしら」

　あまり流行(はや)りものに興味は無いが、馨が頑張って売るんだったら、私も食べてみたい。

「まあ、カロリーの鬼みたいな食いもんだが、真紀さんなら大丈夫だろう。カロリーも真紀さんに恐れをなして逃げていく。なんせ元鬼だからな」

「馨ったら寝ぼけてる？　ま、確かに私は、鬼カロリーに怯(ひる)む事なんて無いけどね。なんせ、元鬼ですから」

　そう。私たちは元鬼で元夫婦。

　平安時代に名を轟(とどろ)かせた、酒呑童子と茨木童子の生まれ変わり。

　多くのあやかしを引き連れて、大江山(おおえやま)にあやかしの国を築いた王と女王だったのだけれど、最後は人間たちに国ごと滅ぼされた。

　人間に生まれ変わった今もなお、前世の因縁が、私たちに絡みついている。

三社祭とは、毎年五月の第三金曜日、土曜日、日曜日と、三日連続して行われる浅草の風物詩。日本を代表する祭礼である。

本日金曜日は大行列があるが、残念なことに私たちが学校に行っている間に終わってしまうイベントだ。

土曜日は、約百基の町内神輿が浅草のあちこちで担がれる。

日曜日は、浅草神社の三基の宮神輿が渡御する。

浅草には毎日かなりの観光客がやってくるが、三社祭の人出ときたら、そりゃもう夏の花火大会やお正月の初詣(はつもうで)並みなのである。確かこの三日間で、人出は１５０万人を超えるとか、何とか。

道路は交通規制がなされ、広い範囲で歩行者天国になって、名物のお神輿が街を練り歩き、見物客がそれを目当てにやって来る。警察もたくさん配置されて、そりゃあもう、騒々しく賑やかな三日間なのだ。

三社祭の中心である浅草神社には、浅草寺(せんそうじ)発祥に携わった三人の人間が、郷土神として祀(まつ)られている。故に浅草神社は『三社様』との呼ばれ方をして親しまれている。

三社祭では、浅草神社にある特別な三基の宮神輿に、この三柱の郷土神の御霊(みたま)を乗せて、浅草の街を渡御するのである——

さて。学校のお昼休み、民俗学研究部の部室にて。

「そういえば、明日は浅草地下街のあやかしたちも、お神輿を出すんだよね」

お弁当を食べていると、部員の夜鳥由理彦が〝三社祭〟の話題を切り出した。

由理は一見端整な顔立ちの美少年だが、実は鵺というあやかしで、男子高校生に化けて学校生活を送っているのだった。

「この時期は、日本中の妖怪たちも浅草に来るからなー。流石に表で神輿を出すことはできねーが、狭間の中じゃ、色んなあやかしが神輿を出す。俺なんて、カッパーランドの手鞠河童の神輿を設計させられたぞ」

馨が、今もまだあくびをしながらぼやいている。

バイト、受験勉強の合間に、手鞠河童のために無償の労働をしていたなんて。そりゃあ眠たいはずだ。

「あのミニマムサイズの河童たちが、お神輿を担げるのかしら？」

「神輿もミニマムなんだよ。それにあいつら、土木作業ができるくらいだからそれなりに力がある。か弱いふりをしているがな」

確かに。小さくてプニプニの軟体妖怪のくせに、どでかい観覧車とか作っていたしね。

部室でこんな話をうだうだしていたら、みかん頭の津場木茜が、向かい側で青ざめた顔をしていた。

「てめーら、恐ろしい話ばかりしてんじゃねーよ。なんだその妖怪祭り」

津場木茜は、陰陽局のエース退魔師だ。

今年から私たちの学校に転校して来たので、無理やり民俗学研究部に入れた。

「妖怪祭りじゃないわよ。三社祭の話よ」

「そんなこたー分かってんだよ茨木真紀。だけどお前たちの話しているのは、それに託(かこ)つけた妖怪祭りの話だろうが」

津場木茜はコンビニのカレーパンにかぶりつき、もぐもぐしながら悪態をつく。

こいつは退魔師とあって、あやかしの類(たぐい)が嫌いなのだった。

「そんな妖怪だらけのところに、平気なツラして遊びにいけるのが考えられねーぜ」

「そりゃあ」

「元大妖怪ですから」

私と馨がお決まりのように言うので、津場木茜は「あーもー最悪」と天井を仰いだ。

何をイラついてるんだか。いや、これが津場木茜の通常運転か。

「そんなに妖怪を毛嫌いしないで、あんたも一緒に行かない？　三社祭」

「そんな暇ねーよ。放課後は仕事だ」

そっけない津場木茜。しかし何やら事情もありそう。

「そういえば、あんた最近すぐ帰るわよね。陰陽局って、今そんなに忙しいの？」

「あやかし絡みの妙な事件が続いてるんだ。女、子どもの、血を抜かれた変死体がゴロゴロ見つかってるんでね」

「女、子どもの……？」

ゾクッとした。

津場木茜はあっさり言ってのけたが、かなり物騒な事件だ。

陰陽局が関わっているということは、当然、あやかし絡みの事件だろう。

「そういえば、少し前にそういうニュース見たな。あれ、犯人捕まったんじゃなかったのか？　もしかしてまだ続いてるのか……？」

馨の疑問に対し、津場木茜は眉間にシワを寄せたまま、少しだけ黙る。

これは、どこまで言っていいものかと、考えている顔だわ。

「ニュースでやってる事件なんてごく一部だし、捕まった犯人なんて模倣犯にすぎない。この手の事件は他にもいくつか起こっていて、陰陽局によって、意図的に隠されている。……なぜならこれは、吸血鬼関連の事件だからだ」

「吸血鬼!?」

吸血鬼と聞いて頭によぎったのは、かつて茨木童子の眷属であった、凛音の姿。

しかし日本古来の吸血鬼は、今や凛音以外にはいない。

津場木茜は話を続けた。

「ヨーロッパを中心に活動している吸血鬼どもの組織〝赤の兄弟〟が、ひと月前より日本に集まりつつある。要するに、今東京には多くの吸血鬼が潜んでいるんだ」

「赤の……兄弟」

「ああ。奴らは本来、証拠を残さない徹底した組織だ。こうやって人の遺体を見つかる場所に残しているなんて、何か、意図があるに違いねえ。しかし尻尾がつかめねーんだ。本当に厄介な連中だ」

思いもよらない組織の名を聞いた。異国の吸血鬼たちの、大規模な同盟の名称だ。

確か、そこには凛音も所属していたはず。

もっと詳しいことを津場木茜に聞こうと思っていたのに、突然、奴のスマホが鳴った。

「あああ。こんな時に呼び出しだ！　俺、早退するから叶先生に言っといてくれ」

津場木茜は飛び上がる。カレーパンを口に押し込み、コーヒー牛乳で胃の中に流し込んでから、いつも持ち歩いている宝刀・髭切を背負った。

そして最後に、鋭い目で私たちを睨みつけ、ビシッと指を突きつける。

「いいか！　この件に、お前たちは絶対に関わるなよ。特にお前、茨木真紀！　頼むから浅草に引きこもって、じっとしていてくれよな」

「え？　でも、被害が出てるなら、私たちだって力に……」

「ダメだ！　お前はこの一件に関わる資格を持ってねーんだよ。迂闊に動かれると、こっちが迷惑する」

「それは」

それは、その通りだ。

お互いに利害が一致し、協力を要請されたバルト・メローの一件とは違う。

津場木茜は、この言葉を通して、私に訴えているのだろう。

あやかしたちの大きな事件に関わりたければ、正式なルートを踏め、と。

「だがもし、万が一だが、何かあった場合すぐに俺か青桐さんに連絡しろ。浅草に結界があるとはいえ、全ての悪意を排除出来るわけじゃねーからな」

「あ、ちょっと！」

津場木茜はせっかちなもので、そのまま窓から飛び出し任務に赴いてしまった。

陰陽局の退魔師は忙しい。こういうことがよくあるけれど、不良面のせいで、クラスではサボりってことになっている。

本当は、叶先生経由で正式に早退の形を取っているのに。真面目なのに。

て言うか私、あんたの連絡先を、まだ知らないんだけど……？

「大変そうだね、茜君」

由理が熱いお茶をすすりながら。

「あいつ一応、陰陽局のエースだからな。しかし大変なことになっているようだな。日本の退魔師が、西洋の吸血鬼を相手にしなきゃならんのか」

馨もまた、この事件を不穏に思っている表情だ。

「私、赤の兄弟とはバルト・メローの一件で関わってるし、トップの二人なら、顔を見たらすぐにわかるわよ。やっぱり私たちも、何か手伝ったほうがいいんじゃないかしら」

私の言葉に、由理は冷静に首を振る。

「ダメだよ真紀ちゃん。僕はこの件に少しだけ関わっているけれど、叶先生だって同じように、君たちには関わらせないようにと言っている」

「それは、なぜだ由理」

「赤の兄弟は残酷だからだよ、馨君。君たちはドラキュラ公やバートリ・エルジェーベト……吸血鬼の二大権威の逸話を知っているかい？　あいつらは生きるためだけに人間の血を吸うのではなく、人間をいたぶることを極上の快楽とし、今までに何千何百という人間を残酷な拷問の果てに殺しているんだ」

「………………」

以前、バルト・メローの客船で出会った男女の吸血鬼の姿を思い出しながら、私は眉(まゆ)を顰(ひそ)める。時代錯誤なドレスを纏(まと)った女と、仮面をつけた紳士風の男。

「どうして、そんな奴らが野放しになっているの？　世界にだって、陰陽局のような退魔の組織はあるのでしょう？」

「それはそうなんだけど、赤の兄弟は規模が大きすぎるんだ。裏社会と密に繋がっていて、世界中に広い情報網を持っている。資金も潤沢で、ちょっとやそっとでは瓦解しない力を蓄えている」

　由理が、知っていることを教えてくれた。

「普段は各々が、バラバラで行動している。しかし定期的に〝夜会〟という集会が開かれ、組織に与する世界中の吸血鬼が、その集会に集まるんだって。夜会では質の良い血を持つ人間が、まるでショーのように残虐に捌かれる。吸血鬼たちは搾りたての新鮮な血を飲み明かしながら、情報交換をするんだ」

「う、うわ」

　思わず口を押さえてしまった。馨もまた、しかめっ面のまま、

「情報交換って、何の情報をあいつらは求めているんだ？」

「そりゃあ手頃な狩場の話とか、あるいは商売の話とか、あるいは……太陽の、克服方法について、とか」

「太陽？」

「吸血鬼は、太陽の光が苦手なんだ。有名な話だけれどね。それを克服するのは、吸血鬼にとって、長年の悲願のようなものなんだ」

それは、前にバルト・メローの船でも聞いた気がする。

太陽の光を克服したくて、血というものに強力な力を宿す私を、オークションで狙っていた。

「今回、東京に赤の兄弟が集まりつつあるのは、吸血鬼たちの夜会が東京のどこかで開かれるからなのだろう。少なくとも、陰陽局はそう睨んでいる。その宴で振る舞う血を、多くの人間を攫ったり殺したりして、集めているんだ」

「……そんな危険な奴らを、見過ごせっていうのかよ、由理」

「バルト・メローの時とは違うんだよ、馨君。あの時はこちらに主導権があったけれど、今回は陰陽局に任せておくべき案件だ。陰陽局の人間たちにも計画があるのだからね」

私も馨も、押し黙ってしまった。

由理の言葉に、言霊の静かな威圧を感じ取ったからだ。

由理もまた、私たちに動かないで欲しいと思っている。

事件が大きくなればなるほど、私や馨は、その手の事件に関わる〝力〟があったとしても、その〝立場〟を持っていない事になる。むやみに関われば、陰陽局の計画を狂わせ、足を引っ張りかねないのだ。

「普通の人間らしい生活を今でも望んでいるのなら、君たちは関わらない方がいいんだ。ずっと言ってたじゃないか。幸せになりたいって」

由理の、念を押すような言葉。

それは確かに、私たちが長年、望んでいたことだ。

人間の学生としての生活を大事にして、ここ浅草で平和に暮らすこと。

救い切れるものだけを救って、第一に自分たちの幸せを追い求める。

その願いは今も変わらない。でも……

「あ、チャイム」

張り詰めた空気を、午後の授業の始まりを告げるチャイムが破る。

私たちは学生らしくせっせとお弁当を仕舞い、慌ててクラスへと戻ったのだった。

そう。それが本来の、私たちのあるべき姿なのだから。


翌日の土曜日。

今日は三社祭の二日目で、たくさんの町内神輿が街中を渡御する。

これをとても楽しみにしていたのだが、

「えええっ、せっかくの三社祭なのに、みんなで見て回れないの⁉」

早朝、馨と由理に今日の予定を確認すると、馨からは今日も出店のバイトだと直接言われたし、由理は叶先生に任された仕事があると、メールの返事が返ってきた。

当たり前のように皆で遊ぶと思っていた私。私だけ浮かれていて申し訳ない気持ちになる一方で、もどかしい。例の事件に関わることもできないし。

仕方がないので、おもちを連れてスイの薬局へと行く。

こうなったら可愛い眷属たちと祭りを楽しもうと思っていたのだけれど、スイも労働組合の付き合いがあるとかでいない。ただ、ミカと木羅々はいた。

「あんたたちは、私と一緒にお祭りに行ってくれるわよね？　ね？　ね？」

私はミカと木羅々の手を握って、必死な形相で「遊んで」アピールをしている。

ぶっちゃけると圧力である。命令である。パワハラの一種とも言う。

「も、勿論です！　僕は茨姫様と一緒にいられることが、何よりの幸せなのです！」

と、ミカは多少空気を読みつつ、可愛いことを言ってくれる。

「うーん。ボクは人混み嫌いだから、本当は嫌なのよ〜。だけど、茨姫がそんなに言うんだったら、仕方がないのよ」

と、木羅々は相変わらずマイペース。メイド服姿だが、窓辺に飾られていた藤の花を一房、簪のように自分の髪に挿していた。

私はさっそく二人と一匹を連れて、浅草の大通りに出る。

すでに人がわんさかいる。

「わっ、見て見て、お神輿がこっちに来てるわ！」

ちょうど、お神輿が一基、国際通りを通っていた。

今日はすでに町内神輿連合渡御が始まっている。町内の様々な組合、団体のお神輿百基あまりが、浅草神社でお祓いを受けた後、次々に浅草寺の仲見世通りを通って出て行き、町内を練り歩くのだ。

祭囃子、セイヤ・ソイヤの掛け声とともに、きんきらしたお神輿を担いで進む祭衣装の男たち。袢纏や、股引や足袋、頭に巻いた手ぬぐいなんかの祭衣装は、見ているだけでも楽しい。男の人だけでなく、女の人も子どもも、祭衣装で参加していたりする。

熱気と気迫が凄まじく、国際通りは大きな車道だというのに、今日ばかりは人、人、人で溢れかえっていた。

ああ、これよこれ。祭りの高揚感。飛び交う声と汗。

どうしようもなく、ワクワクしてきた。

「ぺひょ、ぺひょ」

おもちが私の頭によじ登って、神輿を担ぐ人々を一生懸命見つめていた。そしてフリッパーをぱたつかせている。

おもちにも、いつもと違う浅草が、興味深く映っているのだろう。

「凄いのよ〜、暑苦しいのよ〜。人の子がたくさん」

と、木羅々がぴょんぴょん飛び跳ねながら。

「この祭りは歴史が長いと聞きました。スイは浅草地下街あやかし労働組合の一員として、浅草に住み始めた頃から関わっているのだとか」

ミカが賢そうな顔をして言う。

「そうねえ。もうずっと昔からあるお祭りだからね……」

私が、ここ浅草に辿り着く前から存在した、この街のお祭り。

「さ、浅草寺の方へ行きましょう！　馨が境内の出店で汗水垂らして働いてるわ！」

私はミカと木羅々を引き連れて、この人混みの中、浅草寺の境内へと向かう。

これでも我々は浅草の民。

人混みを避けるため、よく知った裏道を通って、なんとか浅草寺境内に辿り着く。神輿が全て街へ出て行った後のようで、人々もその神輿に付いて行っているため、境内は少々余裕のある人混みでホッとした。

しかし立ち並ぶ屋台の中で、一際賑わう屋台を見つけた。

屋台の屋根に、ド派手な文字で『チーズハットグ』って書いてる。

あれは馨がアルバイトをしている屋台だ。馨は時々、こうやって浅草地下街あやかし労働組合が管轄している屋台でバイトをすることがあった。

「酒呑様なのよ。あのお方はいったい何をしているの？」

木羅々が不思議なものでも見るように、汗水垂らして働く馨を見ていた。

「あのね木羅々。馨はこのお祭りにやって来た人たちに、今流行りの食べ物を売ってるのよ。要するに稼いでいるの。私も買ってくるから、二人でちょっと待ってて」

「そんな！　僕が買いに行きますよ！」

　ミカが慌てた声を上げる。私を、行列に並ばせて買い物をさせる訳にはいかないと言うのだ。一方、木羅々は「行ってらっしゃいなのよ」と言って、手を振っている。

　うーん、眷属も色々だわ。

「ミカ。木羅々はこういう場所に慣れてないし、疲れっぽいから、あんたが見ててくれると安心だわ。隅っこで少し休憩しながらね。私は馨に会いたいのもあるし」

「そう……ですか。わかりました」

　ミカは少々複雑そうにしていたが、私の言うことをちゃんと聞いて、おもちを抱っこし、木羅々の手を引いて、人の少ない木陰に移動する。

　すっかりお兄ちゃんの佇まいだ。いや、木羅々の方がお姉ちゃん眷属のはずなのだけど、木羅々の前だと何故かお兄ちゃんになれるミカ。実際に、ミカは四眷属の中で一番年上のはずだしね。

　さて。チーズハットグは若い女子に大人気。

　並んでいるのも女子ばかりだし、中には馨を見てキャーキャー騒いでいる子も多い。チーズハットグより馨が目当ての子もいそう。他の屋台より飛び抜けて人気がありそうなので、女子を一点狙いするならば適材適所の采配と言えるだろう。

私もまたこの色気付いた女子たちの一人になって並んでいる。

馨の顔は毎日見てるから、キャーキャー騒ぐことは無いけれど、必死こいて同じものをひたすら売っている元旦那様の姿は、確かに眩しいわ。

そしてやっと馨に、というかチーズハットグに辿り着いた。

「よお。待たせたな」

頭にバンダナを巻いた前掛け姿の馨が、私の注文を受ける。

「お疲れ様、馨。私が並んでいるの、気がついてた？」

「当然だろ。お前の髪色は目立つしな。殺気を帯びた視線を感じたっていうのもある」

「殺気？　お腹が空いてるだけよ、私は」

「真紀さんは腹が減ると殺気立つだろ。よし、じゃあ、さっさとこれを喰らえ」

旦那様は私に、揚げたてのチーズハットグを、受け皿のような専用の紙箱に入れて持たせてくれる。残り二本は手提げ袋に入れて持っていけるよう、用意をしてくれた。

「おお～」

私の目は、さっそくこのB級グルメに釘付けである。

あんまり興味無かったのに、実物を見るとよだれが出てくるわ。

ぱっと見はホットドッグみたい。串に刺した細長い揚げ物に、ケチャップとマスタードが波を描くようにかけられている。だけど外側の衣はホットドッグのようにつるんとしている訳ではなくて、四角い粒が沢山くっついていて、ゴツゴツしている。

「え、何これ？　このごっつい揚げたての衣の中に、熱々のチーズが入ってるの？」

「周りの四角いゴツゴツしたのはポテトフライだ。中のチーズはカマンベールチーズだぞ。おっと、じゃあまた後でな」

馨がドヤ顔でのたまい、次のお客に作り笑顔を向ける。

仕事の邪魔になってはいけないので、私はすぐにその場から退き、ミカと木羅々とおもちの待っている場所へと向かった。

「お待たせ。買って来たわよ」

「へえ、これが馨様の売っていた食べ物ですか」

「変わった食べ物なのよ〜」

ミカと木羅々は、初めて見るB級グルメに興味津々。

串を手に持ち、割と重たいその揚げ物を、まじまじと見ている。

「ぺひょっ!?」

おもちはというと、大好きなお芋の匂いを嗅ぎつけた。私に向かって口を大きく開けて、切実な目で訴えているのだ。

早くそれを食わせろ、みたいな。

「じゃあさっそく、熱々のうちにいただきましょう」

皆して、人の邪魔にならない境内の端っこで、ガブリ。

ザク、じゅわ、とろ〜。

ザクザクザク。

周りのポテトは歯ごたえがよく、それを繋ぐ生地は意外と甘く感じる。中のカマンベールチーズに到達すると、それがまだトロッとしていて、伸びる伸びる。伸びるのを瞬間的に楽しんだら、味わって食べる。噛むたびにザクザク響く音が心地いい。

あー。これは確かに女子高生が好きそうな味だ。そして私も大好き。

だって、イモと、粉と、チーズが、円陣を組んだ状態で揚げ物になったら、そりゃ美味しいに決まっているでしょ？

あまつさえケチャップにマスタードですし。王道の味付けですし。

「へえ〜。案外いけますね」とミカ。

「胃もたれしそうだけど、たまにはこういうのも悪くないのよ」と木羅々。

「ぺひょ。ぺひょ、ぺひょぺひょっ！」

おもちに至っては大興奮で、私の持つチーズハットグを凄い勢いで啄んでいる。

私はというと、B級グルメらしい味の濃いものを食べて喉が渇いた。

「私、あっちの自動販売機で飲み物を買ってくるわ。みんな緑茶でいいわよね？　ここで待ってて……」

　と、その時だ。

　この人混みと騒音の中で、小さな音が、確かに私の耳に届く。

　――リン。

「え……」

　聞き覚えのある鈴の音。

　これは、かつて大江山のあちこちに張り巡らされていた特別な鈴でしか鳴り響かせることのできない音で、一般の鈴とは音色が違う。

　現代で、この鈴の音を響かせることができるのは、ただ一人。

「……凛音？　どこにいるの？」

　リン、リン。リン、リン。

　等間隔で鳴り響く鈴。これは意図的に鳴らしている、私を呼ぶ鈴の音だ。

　私はその場で、雑多な人混みに視線を巡らせて、彼の気配を探った。

「茨姫様？　どうかしました？」

　ミカが、私の様子に気がつく。

この状況で、どうすればいいのかを考えた。私が仲間たちを集めて凜音を捜すべきか、眷属たちと役割を分担して、私が凜音の元へ急行すべきか。

勝手に動くなと言われている。

だけど、この鈴の音は、私を確かに呼んでいる。悠長にしている場合ではないかもしれない。

それにここは、浅草だ——

「ミカ！　馨とスイに連絡して！　凜音に何かあったかもしれないわ！」

「えっ⁉　し、承知しました！」

「木羅々はおもちをよろしく！」

「？　わかったのよ〜気をつけるのよ〜」

眷属二人に指示を出し、私は人混みを搔き分けて進む。

あの子に何かあったのだと思う。

私は徐々に強くなる鈴の音に、焦りを覚えていた。凜音が私を呼ぶなんて、そうあることではないからだ。

凜音は、いつも一人で、何か無茶をやっている。私には何も知らせずに。

私を鈴の音で呼ぶということは、急を要する事態に陥ったということに違いない。たとえば、大怪我を負ったとか。

鈴の音の導きのままに、私は浅草を隅田川沿いに下った駒形橋までやってきた。

巨大な橋の下に下りると、その暗がりの中に、銀髪の吸血鬼が一人、身を潜めていた。

茨木童子の第三の眷属であった、一角の吸血鬼・凛音だ。

「凛音！　いったい何があったの？　あなたが私を、その鈴の音で呼ぶなんて」

暗くて凛音の表情がよく見えないが、この場所には、甘く芳しい匂いが立ち込めている。

この匂いは……

「止まれ、茨姫」

凛音は駆け寄る私を、腕を掲げて牽制し、暗がりでもわかるオッドアイを鈍く煌めかせ、私を見ていた。睨むように。

「凛音？」

何か、いつもと様子が違う気がする。

凛音は続けて、こんなことを言った。

「以前、オレはあなたに、一つ頼みごとがあると告げていた。それを、忘れるなと」

この近くで、ライに連れていかれそうになって、凛音に助けてもらった時のことだ。

「ええ、勿論覚えているわ」

「ならば、今それを、叶えてもらおう」

彼が指をパチンと鳴らすと、突然、目の前がグニャッと揺れるような感覚に陥った。

そしてやっと、この辺に立ち込めていた甘い匂いの正体に気がつく。

これは、葡萄(ぶどう)の香りだ。なぜかそれが、猛烈な眠気を誘う。

「凛音……っ、あんた、何を……」

体に力が入らず、私はグラリと、凛音に向かって倒れ込む。

そんな私を抱き止めて、凛音は囁(ささや)く。

「眠れ、茨姫」

重い瞼(まぶた)を上げて何とか凛音を見上げると、彼の口元だけが見えた。

クッと口角を吊(つ)り上げた、凛音のその口元が。

「リン……ネ……」

どういうことだと問う前に、私の意識は、完全に途切れてしまった。

葡萄の香りの、誘う方へ。

第二話　葡萄畑の館

転々、転々と。

紫色で、まあるいものが、ポンポン跳ねて転がり落ちる。

それが暗い穴の中に、ぽちゃんと落ちた。


「はっ」

唐突に意識が戻り、ガバッと起き上がる。

クラクラする頭を押さえながら周囲を見渡すと、そこは見知らぬ、古い洋室だった。

「ここは……どこ？」

まさか、まだ夢の中なのかしら？

床には古めかしい柄の絨毯(じゅうたん)が。

クリーム色の壁には、立派な額縁に入れられた風景画が掲げられている。

部屋にはアンティークな家具が一式揃っていて、アーチ状の大きな窓には、落ち着いた臙脂(えんじ)色のカーテンが、綺麗(きれい)な斜めを描いてタッセルで留められている。朝日が眩しい。

どう見ても時代錯誤な、中世ヨーロッパのお城にありそうなお部屋よ。

そして私は、木羅々（きらら）が喜びそうな天蓋（てんがい）付きのふかふかベッドに寝かされてる。

「私は三社祭（さんじゃまつり）を楽しんでいて、チーズハットグ食べて、最後は凛音（りんね）に呼ばれて、駒形橋（こまがたばし）の下にいたはず……」

そう。確か凛音の鈴の音に誘われ、彼を捜した。

凛音と出会った後、すぐに甘い葡萄の匂いがしてきて、意識が飛んで……

翌日の朝かしら。私、ずっと寝てしまっていたのね。

「バ〜ク〜」

どこからか、聞いたことのある儚（はかな）い鳴き声が聞こえた。

ベッドの中で、何かがもぞもぞと蠢（うごめ）いている……

手を突っ込み、モコモコしたものを引っ張り出すと、それは白と黒の毛並みをした、鼻先が象のように長い珍しい獣だった。

「あんた、もしかして獏（ばく）？」

それは、去年の大晦日（おおみそか）に、浅草（あさくさ）で大騒動を起こした異国の妖怪（ようかい）・獏。

あのあと姿を消したと思っていたのに、こんな場所で会うことになろうとは。

「うわ〜、びっくり！　懐かしい！」

私が獏を抱えて目を輝かせていると、獏は「バ〜ク〜」とお決まりの鳴き声をあげながら、私の手から逃れ、ベッドを飛び降りた。

　そのままなに食わぬ様子で、スタスタと部屋を出て行く。

　扉が少しだけ開いていて、見知らぬ廊下が見える。

「……で、ここは、どこ？」

　しばらくして、もう一度同じことを呟（つぶや）いた。

　懐かしの貘までいて、謎が深まるばかりである。

　しかし次第に、状況を整理する余裕が出てくる。おそらく私は、意図的に凛音に呼び出され、あの子に攫（さら）われたのだ。

　元眷属に攫われるなんて、思いもしなかったけれど。

　ちょっとこれは、凛音にキツく問いただす必要があるわね。

「……どうしよう、起きちゃいましたよ、ジータ」

「……あいつ頭が爆発してるぜ、サリタ」

「……ついでに怖い顔してます。噛み付くでしょうか」

「……ヤベえ大妖怪だったらしいからな。喰（く）われるかも。鬼が本気を出したら、俺たちなんて丸呑（まるの）みだ」

　どこからか、子どもらしき、ヒソヒソ声が聞こえてくる。

　しかもかなり失礼な言われようだ。

「ちょっと。目覚めたばかりのかわいらしいJKに対して、何をそんなに怯えているの」

「………」

しん、と静まり返る部屋。

だけど、かわいいクリクリのお目目が二セット、ちょうど前方にある古いクローゼットの隙間から覗いている。あそこに何かが潜んでいるわね。

「さあ、出てらっしゃい。そこにいるのは、わかっているわ。あんたたちが出てこないなら、私が直々にクローゼットの扉を破壊する」

「!?」

鬼らしく脅してやると、クローゼットの扉が慌てて開かれる。

中から飛び出てきたのは……

「あらかわいい。あんたたち、人狼?」

なんと、もふもふな獣の耳と尻尾のついた、吊り半ズボン姿の狼人間の少年が二人。

ぱっと見は十歳前後といったところかしら。

おそらく、今は陰陽局に所属しているルー・ガルーと同族で、この国にはあまりいない種族である。

「あの、こ、こんにちは茨木童子さま!」

柿色の毛の子が、礼儀正しく頭を下げる。

「俺たちは確かに人狼だ。だが、ただの人狼じゃ無い。凛音様の準眷属なんだぜ」

黒毛の子が腕を組み、フンとそっぽを向く。

二人とも正反対の性格をしていそうで、可愛い。

それに今、凛音の眷属って言った？

「へぇえ。あの子、一丁前に眷属が居たのねぇ」

私はびっくりしつつも、にやけ顔。

「あっ、でもでも、正式な眷属ではなく準眷属です。僕らが瀕死状態だった時に、凛音様が一時的に眷属にしてくださったのです」

「もうすぐその期限が切れる。そしたら俺たちは自由の身だ。ま、どうせこの〝シェルター〟に居続けるんだけど」

「……？」

なんだか話が見えてこない。だけどこの子たちが、今現在、凛音の眷属であることは間違いないようだ。どことなく、そういう匂いがする。

「だったら、あなたたちは私の孫眷属に当たるわけね」

「は？」

「さあ、こっちに来て。私に顔をよく見せてちょうだい」

私はベッドの横をペシペシ叩いて、二人を呼びつける。

二人は不安げな顔をお互いに見合わせ、

「……なあ。こいつ見た目は若いけど、脳内ババアだぜ」

「……しっ、ジータ。聞こえたら食べられちゃうよっ！」

またコソコソ言ってる。全部、丸聞こえだからね。

「ババ臭いのは自覚済みよ。さあ、こっちへいらっしゃいってば」

もう一度、可愛い人狼の子どもたちを呼びつけた。

二人は恐る恐るここまでやって来て、一人は大きなベッドの傍にちょこんと座り、もう一人はベッドの上に乗り上げて、あぐらをかいている。

「私は茨木真紀。知っているようだけど、茨木童子っていう日本の鬼の生まれ変わりなの。あんたたちの名前は？」

「僕の名前はサリタと言います」

「俺は……ジータだ」

二人はその狼の耳をピクリと動かしたり、尻尾をふさっと揺らしたりしながら、ちゃんと名前を教えてくれた。柿毛の礼儀正しい子がサリタで、黒毛のツンとした子がジータね。

「二人は兄弟なの？」

二人は揃って、コクンと頷く。

さりげなくジータが教えてくれたのだけれど、双子なんですって。

「僕たちは、先ほどもお話ししましたが人狼という異国の種族で、今は凛音様の準眷属（けんぞく）です。ここ日本シェルター〝葡萄畑（ぶどうばたけ）の館（やかた）〟でお世話になっています」

柿色の毛のサリタの説明することに、私は首を傾げた。

「日本シェルター？　葡萄畑の館？　ここは、そう呼ばれている場所なの？　そもそも、ここはどこ？」

「質問の多い女だな。まずは一つだけにしてくれよ」

黒毛のジータが馨（かおる）みたいな捻（ひね）くれたことを言う。まあ、確かに。

「じゃあ質問を改めるわ。……ここは、何？」

問いかけ直すと、二人は少し緊張した面持ちになり、お互いに視線を交わしていた。

「えっと。ここは異国のあやかしたちが協力し合って運営する秘密の〝シェルター〟です。要するに、我々にとっての避難場所」

「さっき言った〝葡萄畑の館〟ってのは、日本シェルターの通称だ。凛音様はこのシェルターの管理人の一人なんだぜ」

サリタとジータがそれぞれ答えることに、私はまた、目をパチクリとさせる。

「ところで、その凛音がいないわよ。誘拐犯の凛音が。あいつったら、私をこんなところに連れて来て、どうするつもりなのかしら」

私はやっとベッドから降りて、体を捻ったり伸ばしたりした後、この広い部屋を見渡す。

正面には大きな鏡があって、私は普段あまり着ないような、裾の長い白いワンピースドレスを着せられていた。

「私を着替えさせたの、いったい誰よ。今日私、下着がちぐはぐで恥ずかしいんだけど？」

「そ、そこですか……」

「安心しろよ。そういう身の回りの世話をしてくれる〝見えぬものたち〟がいるんだよ」

見えぬものたち？

あやかしか何かの類だろうか。聞きなれないものなので、私には何のことだかさっぱりだが、この疑問はひとまず置いておいて、

「ねえ、サリタ、ジータ。私はこの部屋から出てもいいのよね」

「まだ安静にしていたほうがいいとは思いますが」

と、サリタ。

「あんた、葡萄の睡眠香を嗅いだんだろう？」

と、ジータ。

なるほど。葡萄の睡眠香などという謎アイテムで私は眠らされ、ここまで連れてこられたということか。

「大丈夫よこのくらい。それより私は、凛音に会って話をしなくちゃ。そして急いで浅草

に戻らなきゃ。馨や眷属たちが、心配しすぎて死んでしまうわ」

「…………」

サリタとジータは、また顔を見合わせて、ひそひそし始める。

いったい何だというのか。

私は、天蓋付きベッドのある寝室を出た。

館の長い廊下に出て、連なる同じ扉の前を歩きながら、

「リン！　凛音！　出てらっしゃい！」

とりあえず大声を出して凛音を呼ぶ。

浅草で呼ぶと、いつも、どこからともなく現れたのが凛音。

しかしここでは、なかなか姿を見せようとしない。なので、この館の一部屋一部屋を開けて回って、凛音を探す羽目になる。

絶対、私の声が聞こえているはずなのに……っ。

「それにしても……ホラー映画に出てきそうなお館ね」

立派な館ではあるが、部屋によっては天井に蜘蛛（くも）の巣が蔓延（はびこ）っていたり、窓のカーテンには虫食いがあったり、壁紙がビリビリに裂けていたり。

もと大妖怪って言っても、西洋系のこの手のホラーは専門外よ。さっきから寒気がすごいっていうか、実際に寒いっていうか。

「ん？　ここから異様な霊力の匂いが」

突き当たりにある、他とは何か違う飾り扉。

その扉越しに、それはそれは、得体の知れない存在感を感知する。

私は思い切りその扉を開けた。それはもう、勢いよくバーンとね。

「ここにいるんでしょ凛音！　私にはわかってんのよ！」

しかし、そこに居たのは予想外の姿をした人物だった。

「イッヒヒヒ。イ〜ッヒヒヒ。ノックもせずにあたしの部屋に入ってくるとは、いい度胸だよ小娘！」

「………………」

黒いローブを纏（まと）った、鉤鼻（かぎばな）のお婆さんが、緑色に光る怪しい鍋（なべ）を煮込んでる。

人間の二倍はありそうな背丈で、見上げるほどでかい。派手な化粧とギョロ目が特徴的な老婆で、ニカッと笑うと、金の入れ歯がギラつく。怖い。

「あ、アリスキテラ様！」

「すみません、すぐ連れ出すんで！」

サリタとジータが、慌てて私をこの部屋から引っ張り出そうとする。

　しかし私は微動だにせず、この部屋に留(とど)まって、中を見渡す。

　ここにはドクロが並んだ棚があったり、謎の生物のホルマリン漬けの瓶が並んでいたり。大きな水晶玉や、六芒星(ろくぼうせい)のタペストリー、無造作に置かれたタロットカード……

　あ、壁に大きな箒(ほうき)が立てかけてあって、その先っちょに、鍔(つば)の広いとんがり帽子がかけてある。

　これはもう、どう考えても、アレではないか。

「ま、まさか、あなたは魔女ってやつ？」

「ご名答だ。鬼っ娘(こ)よ。イ～ヒッヒ」

　老婆は魔女らしい笑い声を上げながら、踏み台からぴょんと降りる。

　見上げるほど巨大に思えた体も、実際はとても小さくて、背丈は私の半分ほど。私の前までやってくると、ギョロッとした水色の瞳(ひとみ)を見開き、ズイと迫る。凄(すさ)まじい圧だ。

「あたしはアリスキテラ。アイルランドの魔女の生き残りだよ。そしてこの館の、本来の持ち主だ。ちなみにお前さんを眠らせた〝葡萄の睡眠香〟は、あたしの作った魔法の香水だよ」

「えっ、魔法の香水!?」

「イヒヒ、イヒヒ。よーく効いただろ？　ん？」

　老婆はニカーッと笑う。私はゴクリと唾(つば)を飲む。

魔女といえば、私にとっては御伽噺の存在だ。しかし日本のあやかしのように、異国には確かに魔女が存在するらしい。だって目の前にいるもの。

「お前、凛音の小僧の主人だろ？　イヒヒ、こーんな小娘にあの小僧がゾッコンとは。やだね、妬けるね。イッヒヒヒ」

そして魔女のお婆さんは再び踏み台に、身を乗り上げる。

「あの、魔女のお婆さん。凛音がどこにいるか知らないかしら」

「そんなに知りたいなら、棚の水晶玉を見てごらん」

お婆さんの言うことを不思議に思ったが、私は言われた通り、この部屋の棚にあった、私の頭ほどありそうな大きな水晶玉を覗き込んだ。

最初こそ、歪んだ自分の顔ばかりが見えたのだが、徐々に水晶玉の中に、緑の草木と、色とりどりの花が見え始める。その中に佇む、凛音の姿も。

「これは……庭園？」

「イヒヒ。見えたかい。ならさっさと出ておいき。若返り薬が煮詰まっちまうからね」

魔女が指をパチンと鳴らすと、私は謎の力で背中を引っ張られたような感覚に陥り、部屋の外に放り出された。

そのまま、扉がバタンと閉まる。

「な、なによ、今の!?」

もう一度同じ扉を開けてみるも、その部屋は、ただの古い物置で。

なるほど。魔法は実在する、ということね。

「あっ、凛音！　いた！」

廊下の窓から、凛音の姿を発見した。

水晶玉で見た通り、凛音はこの館の庭にいたのだった。

そこは自然に近いイングリッシュガーデンのようになっていて、大きな柳の木の下に、バラやユリ、ミソハギやムスカリなんかが植わっている。様々な植物が、柳の木漏れ日に照らされて、静かに花を咲かせているのだ。

絵画で見るような美しい蓮の池もあって、ほとりに凛音が佇んでいる。いつもの黒いスーツ姿で。

私は窓から飛び降りて、清楚なワンピース姿が台無しなほど猛ダッシュで凛音の下まで駆けていく。そしてその背中をガシッと掴んだ。

「捕まえたわ凛音！　あんた、私をこんなところに拉致して、いったい何考えてるのよ。私はあんたが鈴の音で呼ぶから、凄く心配したっていうのに！」

「……………」

言いたい事を全部言ってやったが、凛音は、涼しい顔をして私を見下ろしている。

そして、いつもより少し柔らかな口調で、このように言った。

「茨姫。オレがこうやって、太陽の下に出ていられるのも、あなたの血のおかげだ」

「え？　な、何よいきなり」

怒っていたはずなのに、いつもは素直じゃない凛音にそんなことを言われたら、こちとら面食らってしまう。

しかし確かに、この場所には、心地よい昼下がりの日光が降り注いでいた。

私は顔を上げて、空を見る。

そよそよ、そよそよ。

柳の木の葉が揺れて、擦れて、爽やかな風を運ぶ。

囁くような自然の音だけが存在する中で、その隙間から零れ落ちる陽の光が、私たちの体に斑点を作って、コロコロと踊る。

不意に凛音が、私の首筋に触れた。

「……っ」

鋭い爪が首を撫でて、それが薄い刃のように、小さな傷を作った。

赤く、薄く、流れ出す血を、凛音は指でそっと拭い、自らの口もとに持っていってスッと舐める。

「この血だ。あやかしを狂わせ、力を与えるあなたのこの血を、吸血鬼たちは狙っている。連中の悲願は、太陽を克服する事だ。茨姫の血を飲めば、それが可能となる。オレが実例となってしまったんだ」

「……凜音が、実例？」

もう、遠い遠い昔のことで忘れかけていたけれど……

確かに凜音は私の眷属（けんぞく）になる前、陽の光を極端に嫌っていた。それは全ての吸血鬼に共通する弱点でもある。

しかし私の血を飲むようになってから、凜音は日中も外に出ることができるようになったし、多分、寿命ものびた。

凜音は、この世のあやかしの中で、最も私の血を飲み続けた存在なのだ。

「茨姫。以前バルト・メローとの戦いで、吸血鬼の同盟〝赤の兄弟〟の二大権威と出くわしたのを覚えているか」

凜音が問う。私は頷（うなず）いた。

「ええ。もちろん。顔も覚えているわ」

「あいつらはミクズと手を組み、すでに東京に上陸している。何としてでもあなたを手に入れ、次の夜会にて、太陽を克服する儀式〝復活祭〟を決行するつもりだ」

「……やっぱり、狙いは、私なのね」

赤の兄弟が日本に来ていることは、津場木茜(つばきあかね)からも聞いていた。凛音の言うことが本当ならば、奴らの目的は私の血を手に入れることで、間違い無いのだろう。

とにかく、異国の吸血鬼は残酷だ。

特に派手なドレスを着ていた女の吸血鬼とは、私も因縁がある。

確かにもともと、連中は茨木童子の血を欲してバルト・メローが主催した人外オークションに参加していた。次こそはと、執念を燃やしているでしょうね。

「吸血鬼たちは三社祭の賑(にぎ)わいに乗じて、オレにあなたを攫(さら)わせる算段だったようだ。オレが茨姫の眷属であることは、すっかりバレてしまったからな」

そして凛音は、私の顎(あご)に手を添え、この目を覗く。

「吸血鬼に差し出されたくはなかろう。あなたには、しばらくここに隠れ住んでもらう」

私はそんな凛音を、怯(ひる)むことなく見返して、首を振った。

「嫌よ。吸血鬼たちは今もあちこちで人を殺しているのよ。私が狙いなら、いっそ私があいつらを倒す」

馨や、眷属たちや、陰陽局の人にもこのことを知らせて、東京を吸血鬼の魔の手から守らなければならない。

「あなたという人は、本当に馬鹿だな」

しかし凛音は、鼻で笑った。

「大切なものを守りたいのなら、いっそう、ここにいるべきだ。ここで静かに、嵐が去るのを待っていればいい。あなた自身が災厄を招いている自覚を持て」

「⁉　そ、それは」

凛音は私の言葉も待たず、私に背を向けて花々の咲く庭から立ち去ろうとする。

凛音の言うことはもっともで、私は結局、言い返すことができなかった。

敵の狙いが私なら、確かにこの騒動の元凶は私である。私はここで、全ての事情を知る者の手の内で、静かに嵐が去るのを待っていた方が賢明なのかもしれない。

「ちょ、ちょっと待ちなさい、リン！」

「…………」

「これが、あなたの〝頼みごと〟だというの？」

私は後ろから凛音の腕を引いて、問う。

以前、凛音が私に予告していた、頼みごと。

凛音は少し面倒くさそうに振り返り、その目を眇めた。

「そうだ。あなたはオレの頼みを聞いてくれると言っただろう。それともあなたは、大妖怪茨木童子の生まれ変わりでありながら、交わした約束を守らないというのか？」

「うっ」

さっきから何度も、元眷属の言うことに言葉を詰まらせる私。

凛音は他の眷属たちのように、私に甘く優しいわけでは無い。

それはもう、千年前からずっと。

「あやかしの約束は絶対だ。あなたがここを出たいなら、オレを倒すか、自力で脱出を試みるしかない」

そう。あやかしにとって、取り付けた約束というのは絶対の効力を持つ。

私はもう人間だけれど、あやかし相手に交わした約束を破るほど愚かではない。

「なら、一つ聞かせてよ、凛音」

私は最後に、もう一つ尋ねた。

「あんたは、私を守ろうとしてくれているの？」

「…………」

凛音はしばらく黙っていたが、ふと意地悪な笑みを浮かべて、

「当然だ。茨姫が死んだら、オレが困る。あなたの血を得られなくなるのだからな。あなたには健全健康のまま、長生きしてもらうのが、ひとえにオレのためでもある」

相変わらず、嫌味な言葉を連ねる。

凛音は昔からそうだった。私を常に守ろうとするけれど、それは全て自分のためなのだと、あえて口にする。

昔はそれを、思春期特有の照れ隠しか何かだと思っていたけれど、今ならば、遠慮なく

私を守れるよう、あえてそう言っているのだとわかる。

「この館にあるものは、すべて自由に使うといい。身の回りの世話はサリタとジータにしてもらえ。あの部屋もあなたのものだ」

凛音は再び、私に背を向けた。

細かい銀の後ろ髪が、涼しい風に揺れている。

反射した光に何度か瞬くと、彼はもう姿を消していた。

どこにも居ないし、気配もない。

そよそよと、庭の草花が揺れる音だけが聞こえてくる。

「……全く。あの子ったら」

私は庭にあるベンチに座り込んで、眉間にしわを寄せて腕と足を組み、現状を今一度整理した。

赤の兄弟が日本に来たのは、私の血が目的だ。凛音が、茨姫の血を飲み続けたことで太陽の光を克服した存在だと、奴らにバレてしまったからだ。

それで凛音は、私を守るためにここへ連れて来た。

凛音は、いつまで私をここに匿っているつもりなのだろう？

そもそも、地理的にここはどこなのだろう？

「そうよ。それをまず把握しなくちゃ」

私はまず、この館の一番高い塔の屋根に登ってみようと思った。

上から見れば、場所が特定できるかもしれない。

なんせ、浅草はあの、日本で一番背の高い建造物スカイツリーのお膝元にある。

だいたい迷子になったら、空を見上げて、のっぽなスカイツリーを目指せばいい。スカイツリーが見えなければ、それだけ遠くへ連れてこられたということだもの。

と言う訳で、手と足に霊力を込めて、灰色の煉瓦を積み上げたような館の壁を登って行く。ロック・クライミングのごとく。

ちょっともう他人に見せられない姿だが、この際は仕方がない。

だだっ広い館で、上まで行く階段を見つけるほうが、時間がかかりそうだもの。どう考えても壁をよじ登ったほうが早いもの。

そして、

「うわあ……っ」

高所の、尖った屋根の上から見渡した景色に、度肝を抜かれた。

燦々と降り注ぐ太陽の光の下で、葡萄の木らしきものが、規則正しく並んで植わっていて、それがどこまでもどこまでも続いている。

葡萄畑の中をうねった川が通り、遠くに白い壁の納屋があって、見慣れない牧歌的な景色が広がっている。

どこからどう見ても、浅草近郊の景色ではない。

これはいったい何？　どこの葡萄畑？　おフランス？

いやわかんない。埼玉の奥の方とか、いっそ果物王国の山梨かも。

「いいえ……いいえ違うわ。ここはきっと狭間結界の中よ。日本の何処かに、凛音が作ったのよ。あいつ、本当に私を逃がすつもりがないんだわ」

屋根の上で、腕を組んで仁王立ちしながらも、今後について考えを巡らせていたら、

「おーいっ！」

「そんなところにいたら危ないゾ！」

「ん？」

下から少年の声がした。

見下ろすと、あの狼少年のサリタとジータが、何やら果実や野菜の入ったカゴを持って、先ほどのイングリッシュガーデンから私を見上げていた。

私が屋根から飛び降り、庭にドシンと降り立つと、サリタが「はわわ」と慌てた声をあげて後ろに尻もちをつく。

「そんなにびっくりしなくてもいいじゃない。あやかしだったらこのくらいできるでしょう？」

「あんたは人間だろうが！　命知らずだからこっちの命が持たねーんだよ。俺たち、あん

たの世話を命じられているんだからな」

「世話ねえ」

ガミガミ言うジータの抱えるカゴに、葡萄がたくさん入っていた。

粒が小さめの、綺麗な葡萄だ。

「この葡萄、向こうの葡萄畑から持ってきたの？」

「ああ、そうだ。ワイン用の葡萄で、皮が分厚く種がでかいが、美味いぜ」

へえ、ワイン用なんだ。

一粒摘まんで、分厚い皮を剝いて食べると、甘みが強くてとても美味しい。確かに、普段食べている食用の葡萄とは違う感じだけれど、味が濃いのだ。

私はまたいくつか葡萄を摘まんで、喉を潤し空腹を癒した。

「ねえあんたたち。私の世話ついでに、この場所についても教えてよ。ここ、狭間結界の中でしょ」

二人の狼少年はぴょこんと耳を立てて、目をぱちくりと見開き、意外そうな顔をする。

「どうしたのよ」

「だって……すぐにでも、ここを出ていきたいと言うかと思いまして」

「暴れて壊して飛び出て行こうとするから、それを阻止するようにって、凜音様に命じられてるんだぜ、俺たち」

「…………」

そんな無茶な命令を、幼い子ども二人にしてどうするのよ、と思いつつ。

私は斜め上に視線を流し、腰に手を当てて、長いため息をついた。

「ま、今は大人しくしてやるわ。凛音との約束だしね」

私は、あの子のことを知っているようで、何も知らない。

もっと、凛音のことを理解しなければならないのかもしれない、と思ったのだ。

茨木童子亡き後、あの子は異国の地へと赴き、そこで過ごした。

何を見て、何を知って、何を目指して、今ここにいるのか。

なぜこのようなことをするのか。

三社祭は確かに楽しみだったし、もしかしたら来年は行けないかもしれない。今年は思う存分楽しもうと思っていた。

だけど、それよりずっと、私は仲間や家族が大事だ。

凛音のことだって、私は今でも、家族だと思っている。

第三話　銀の貴公子

葡萄畑の館。

ここがそう呼ばれる理由は、私がさっき見た通り、館の周囲を広大な葡萄畑が囲んでいるからだ。

私は再び、館の中へと向かう。

「この館には、結局誰が住んでいるの？」

「ここに住まうのは、僕たち二人と、この城の持ち主であるアリスキテラ様と、以前凛音様が連れ帰った貘と……」

私の後ろについて来ながら、サリタが指折り、答えてくれた。

「貘！　やっぱりあの貘、凛音がここに連れて来たのね。でも良かった～、ちょっと心配してたのよ。また狩人に捕まったりしないかって」

だけど、さっき私のベッドに潜り込んでいたのを発見して以来、貘の姿が見当たらない。

白と黒の、鼻の長い変わったもふもふ。可愛いから。

「あの子、どこへ行っちゃったのかしら。私の部屋から、廊下に出て行ったんだけど」

「あの獏は多分、凛音様の仮眠室じゃないのか？」

「いつも一緒に寝ていらっしゃいますからね」

「……え？」

凛音ったら、あのもふもふを抱き枕にしているということ？

なんだかあまり想像したくないけれど、私もいつもおもちを抱き枕にしているので、人のことは言えない。

「あと、数ははっきりとはわからないのですが、ここには見えぬものたちが数多く住んでいます」

「見えぬものたち……」

さっきもそんな名称を聞いたけれど、私にはいまいちピンとこない。

ぽかんとしている私を見て、ジータがため息混じりで教えてくれる。

「見えぬものたちってのは、ヨーロッパの各地に隠れ潜む妖精の類だ。普段は姿を消していて、住み着いた屋敷の家事をしてくれたり、主人の仕事を手伝ってくれたりする。この葡萄畑の館では、庭の手入れや葡萄の世話をしてくれている。館の掃除だけはしてくれないんだが、料理は頼めばしてくれる」

「へえ。お手伝い妖精なんて最高じゃない。だけどなんで館の掃除はしてくれないの？」

この館の状況を見る限り、掃除こそ必要に思えるのだけれど。

「館の掃除は、見えぬものたちへの支払いが大きいのです」

「要するに、アリスキテラ様が、契約の際にケチったって訳だ」

「へ、へえ……」

要するに、タダでお手伝いをしてくれる訳じゃないのね、妖精さんも。

ここの掃除はサリタとジータがしているそうだが、広すぎて全然終わらないのだそうだ。

「それにしても、不思議。霊力が高ければ、ある程度その手のものは見えると思っていたのに。私にとっても〝見えぬものたち〟だなんて」

「霊力を持っていたとしても、見えぬものたちを目視することが困難なのは、それを上回る〝姿隠しの魔法〟を彼らが備えているからなのです」

「だけど確かに、そこかしこにいるんだぜ」

「……へええ」

確かに、色んな気配を感じる館だ。

広すぎて、私たちの声すらどこかに吸い込まれて、すぐに静寂が訪れる。だけど確かに、何かがいるような気配。

その気配が、私の横髪を引っ張るように、視線を誘った。

窓から窓を抜けていく風のような、香りのような、囁き声のような。

その不思議な気配に導かれながら、私は長い廊下を進む。

「茨木童子様、どうしました？」

「勝手にウロウロするなよ！」

　サリタとジータも、アセアセと私についてくる。

　今にも消えて無くなりそうな、浮遊する小さな気配……それを辿りながら、私はまた、ある扉の前に立った。

「この部屋？」

　先ほどの魔女の部屋とは違って、扉の奥に得体のしれない何かを感じる訳ではない。ただ、見えない何かに、意図的にここへ連れてこられたような気がする。

　この奥に、何かあるの？

　私は、導かれるままに、ドアノブに手をかけ、扉を開いた。

「………」

　その部屋は暗く閉ざされていて、特に何かがあるわけでもなく、古い暖炉と、本棚と、古いクローゼットがあるだけだった。

　私は部屋の中に入り、静かに見渡す。

　長く換気されてないような、埃っぽい匂いがするので、まずはカーテンを開けて、窓を開けた。

　吹き込む新鮮な風と、差し込む暖かな光が、穏やかにこの部屋の時間を動かす。

「ここは凛音様の、古い書斎です」

「入るなって言われてるんだけど……でも鍵が開いたってことは……」

サリタとジータは何か言いながらも、お互いに顔を見合わせて、私のことを追い出そうとはしなかった。

私はふと、暖炉の上に飾られている大きめの写真が気になった。

「この写真は……？」

カラー写真だが古いもので、洋館を背景に撮った、子どもの集合写真のようだ。

だけど、誰もが普通の子どもではない。

体の一部が獣の少年、背中に鳥の羽が生えた少女、耳の尖った金髪の幼子、馬の体をした青年、岩のような皮膚をした小さな女の子……

その傍らに、青白い顔をした、無表情の凛音が写っている。

「それは、イギリスのシェルターの子どもたちです。随分昔の写真ですから、今では皆、大人になっているかもしれませんが」

「凛音様が助けて、そこに預けた人外の子も多いって聞いたぜ」

サリタとジータが、後ろからそう説明してくれた。

「へええ。シェルターって、要するに孤児院みたいなものなの？」

「結果的に、そのような体裁の施設もあります。やはり保護が必要になるのは、子どもが多いので」

なるほど。なんとなく、掴(つか)めてきた。

その隣にも、丸い写真立てに飾られた白黒写真があって、凜音と黒いドレスの美女が二人で映っている。

これは先ほどの写真よりずっと古いものだ。何より女性と二人で写っているというシチュエーションに、私の胸はドキドキ。

「え、これ誰？　どういう関係⁇」

この写真の凜音も、相変わらず神経質そうな顔つきだが、美男美女が並ぶこの写真には何か深い意味がありそうだと思った。

「ああ、それアリスキテラ様だぜ。若返り薬を飲んだ時の」

「え？　アリスキテラって、あの魔女のお婆さんの⁉」

先ほど出会った、この館の持ち主である魔女の名前だ。そういえばさっき、あのお婆さんは、若返り薬を煮ていると言っていたっけ。

この写真の時代が若かったのではなく、この写真の時代から、若返り薬を飲んでいたということらしい。いったい何歳なのだろうか？

「アリスキテラ様は若返り薬を飲むと、一時的にそのような美女になれるんです。七百年は生きている魔女ですから」

「四度金持ちの男と結婚し、魔女の毒薬で殺しては、私腹を蓄え続けたって逸話のある、悪い魔女だぜ」

「…………」

なるほど、そりゃあ悪い魔女だ。

だけどお金持ちの魔女だからこそ、こんなに大きな館を持っているのかしら。凛音とアリスキテラが、どこでどう知り合ったのか、微妙に気になるわね。

改めてこの部屋を漁っていると、本棚に挟まれた分厚いノートを見つけた。ノートには古い写真がいくつも貼り付けられ、様々な言語で走り書きがされている。

凛音が撮ったものかもしれない。異国の地の、彼の行った場所、出会った者たちを、この写真から知ることができる。

ロンドン、エディンバラ、ベルリン、パリ、ローマ、プラハ、アテネ……

「わ、凄い。エジプトのピラミッドの写真もあるわ。あの子、私の知らない世界をたくさん見てきたのね」

主に建造物や景色の写真ばかりだったが、そんな中に、時々、凛音の写り込んだ写真もあった。あの美しくも険しい顔で、異国風の装いで写真に収まっているのには笑ってしまうけれど……

千年前と変わらない姿のまま、彼は歳をとることもなく、私たちのいない時代を生き抜いた。

　だけどその時代は、決して空白では無いのね。

　あなたは私たちがいなくても、こんなに遠くの国まで行って、多くの異国のあやかしたちと知り合ってきたのね。

　そこにはきっと、私が知ることのない事件や出来事、出会いと別れの物語だってあるのでしょう。

　私はしばらく、この古い書斎に引きこもって、凛音の残した旅の記録に心を奪われていた。多くを語らないあの子のことを知りたくて、集中してノートの写真や、記載されている文章を読んでいたのだが、

「あのう、茨木童子様、ここらでブランチに致しませんか？」

「見えぬものたちが、用意をしてくれたってさ。美味しい葡萄パンがあるぞ」

「ん？　美味しい葡萄パンですって？」

　食べ物の名を聞いた途端、猛烈な空腹に気がついた。

　サリタとジータいわく、さっき持ち運んでいた果実や野菜で美味しいブランチの用意ができた、とのことだ。いったい、いつの間に……

　だけど確かに、どこからか、焼きたてのパンのいい匂いが漂ってきていた。

先ほど凛音と会ったイングリッシュガーデン。

その柳の木の下に、いつの間にか、テーブルとお茶と朝食の用意がされていた。まあ、朝食というより、昼食手前のブランチって感じなんだけど。

ジータが手際よく私の椅子を引いてエスコートしてくれる。子どもとはいえ紳士だわ。

そして、白い陶器のティーカップに、丁寧に紅茶を注いでくれる。

綺麗な色の、マスカットのような香りがする紅茶。

「ああ～いい匂い。なんてお洒落な香りなの。私が家で使っている、激安ティーバッグとは大違い」

フレーバーティーというやつだろうか。

ここの葡萄畑では、赤ワイン用の赤い葡萄と、白ワイン用のマスカットを作っているらしく、ワインだけでなく様々なものに活用されているのだとか。

「凛音様はワインだけでなく、紅茶にもこだわりのあるお方です」

「俺たちも、紅茶の淹れ方を散々レクチャーされたからな」

「へえ……そうなんだ。あの子ったら、純日本妖怪のくせに、西洋文化にどっぷり浸かっちゃってるのね」

千年前とは違う凛音の嗜好に困惑しつつも、私は目の前に出されたお料理に目が釘付け。

大きな葡萄パンに、赤と緑の新鮮な葡萄入りサラダ。豚肉のレーズン煮込みに、シンプルなプレーンオムレツ。

デザートに葡萄のゼリー、葡萄ムース、葡萄のタルトなどなど。

驚くほど、葡萄づくしだ。

「こ、これは……凄いわね。壮大だわ。葡萄フェアだわ」

そりゃあそうだ。さっき生の葡萄を摘んだだけで、この私が、昨日のチーズハットグ
グーと、盛大に腹の虫がなる。

からずっと食事を摂ってないもの。この私が……っ！

「どうぞ、召し上がってください」

「言われなくとも、いただきまーす」

まずは、オススメの葡萄パン。

たくさんのレーズンとくるみが練りこまれたハードパンだが、薄く切ってトーストしたばかりなので塗ったメープルバターがよく染み込み、サクサク感としっとり感を、両方楽しめる。

噛み締めて食べると、熱いレーズンがホロホロと口の中で踊る。香ばしいくるみとレーズン、メープルバターの相性は抜群。

「ん〜」

これは堪らない。いかにも、石窯で焼いた手作りのパンって感じ。

甘いものだけでなく、プレーンオムレツも楽しみにしていた。

ふっくらフワフワ、卵と牛乳だけで作ったシンプルなオムレツだ。

大きな白いお皿の上に綺麗な形でのっていて、これにバルサミコ酢とお醤油、バターとはちみつを混ぜて作ったソースをかけていただくんですって。食べたことのない組み合わせだ。

サリタがさりげなく豆知識を教えてくれる。

「バルサミコ酢の原料は、葡萄の濃縮果汁なんですよ」

「え、そうだったの？　バルサミコ酢ってよく聞くけれど知らなかったわ。これも葡萄が原料だったのね」

オムレツにはケチャップという概念にとらわれていた私だが、バルサミコソースの甘酸っぱさが、まろやかな卵の風味と甘みに、意外とよく合うのだった。

葡萄のサラダは、生ハムと、ベビーリーフ、刻んだ緑と赤の葡萄に、爽やかなライムとお酢のドレッシングが混ぜ合わされていて、とってもおしゃれな味。

豚肉のレーズン煮込みに至っては、豚肉の柔らかさに驚いた。レーズンと一緒にお肉を煮込むと柔らかくなるらしく、北欧の方では馴染みのあるお料理なんですって。ほんのりワインの香りもして、どこか高級感のあるお味。だけどソースにお醤油も使っているようで、日本人の私にも食べやすく仕上げている。あまりに美味しくてぺろっと食べちゃった。

レシピを教えてもらって、馨にも食べさせてあげたいなあ。

「ああ〜。どれもこれも、美味しいわ。いったい誰が作ってくれたの？」

「見えぬものたちです」

「そういえば、料理は頼めばしてくれるって言ってたわね」

見えぬものたち。こんな風に料理も得意だなんて、できる妖精さんだ。

「お料理に使っている葡萄も、あの広大な葡萄畑で穫れたものなのよね」

「ええ。凛音様が育てた葡萄は、ワインにするのが一番美味しいですけど、こうやってお料理にしても美味しいのです」

「凛音様は昔、イギリス南部で巨大な葡萄園を運営し、異国のあやかしに職を与えて、ワイン産業でひと山当てたお方なんだぜ」

「………え？」

今、さらっと新事実を知る。

え？　え？　どういうこと？

そもそもあの葡萄園、凛音が経営しているの？

凛音が農作業着姿で葡萄の世話をしている光景を思い浮かべ、意外すぎると思ってしまったが、何よりそれでひと山当てたっていうのが驚きだ。

「え。あの子もしかして、相当な富豪？」

思わず身を乗り出して、そこのところを確認する。

すると、サリタとジータは得意げな顔をして、色々なことを教えてくれた。

「凜音様は、確かにひと山当てた富豪ではありますが、その分、あちこちのシェルターに多額の寄付をなさっているのですよ！」

「そうそう。西洋のあやかし界隈では、凜音様は軽く英雄だ。銀の貴公子、なんて呼ばれてるんだぜ」

「銀の……貴公子？」

異国の地であやかしを助ける英雄であったり、悪の組織めいた赤の兄弟に与する吸血鬼だったり、人間としてワインで成功していたり……

何なの？　三つの顔を持つ男？　トリプルフェイス⁇

ますますあの子が、わからなくなる。

知らないうちに三男坊が大成功して、知らないうちに凄い人になっていた。そんな、妙な気分だ。銀の貴公子なんてむず痒くなる呼ばれ方も、凜音には妙にしっくりくるしね。

そりゃあ、昔から教えれば何だって出来る、優秀な子だった。

でも、戦うこと以外に興味なんて無いのだと思っていた。私が知らなかっただけで、そうではないのよね。

「葡萄、か。そういえば、千年前の凛音も、山葡萄をいっぱい摘んできたことがあったっけ。意外とマメだし、器用だし気が利くし。さらにはお金持ちな訳でしょ。もうちょっと愛想が良ければモテると思うのよね～。美形だし」

いや、大江山時代も、若い女の子のあやかしたちが遠くから見てキャッキャと騒いでいたけれど、あの頃の凛音ってそういうのに興味無さそうだったからなあ。

しかし今の凛音はあの頃と少し違って、格好や立ち振る舞いも英国紳士風である。

クールで無愛想なのは変わらないけれど、私の知らない間に、異国でロマンスがあったりしてもおかしくないわよね……

私が額に指を当ててうーんうーんとうなっているので、二人の人狼の子が、目をパチクリさせて顔を見合わせている。もしかしたら、この二人は私の知らない凛音について、もっと詳しいことを知っているかもしれないわね。

「ところで、あなたたちは、凛音とどこで出会ったの？」

「ロンドンです。凛音様は、異端審問官に捕らわれていた僕たちを、とある教会の地下牢から助け出してくれたのです」

サリタが葡萄パンを頬張りながら、答える。

「異端審問官？　狩人みたいなもの？」

「いや。狩人は人外生物やあやかしの類を商売の為に狩る存在だが、異端審問官は宗教がらみでその手のもの……例えば、魔女や人狼、吸血鬼なんかを断罪する聖職者だ」

ジータがマスカットフレーバーの紅茶を啜りながら、淡々と言う。

「……なるほど。日本で言う、退魔師に近いのかもしれないわね」

国が違っても、あやかしの類は、人間の世から排除される。

異端審問は中世ヨーロッパの時代から続き、捕らわれた者たちは十字架にかけられ火あぶりの刑に処されたり、残酷な拷問を受け、凄惨な最期を迎えたという。

「現在、異端を断罪することは表向き禁じられておりますが、裏世界では日常的に行われています」

「だから、凛音様は異端審問官のいない日本の〝シェルター〟を作り、俺たちを連れてきてくださったんだ」

サリタとジータは、表情に影を落としながらも、説明してくれた。

その言葉の節々に、異端審問官への憎しみや、凛音への信頼を感じる。

「……そのシェルターって、何か組織めいたものの施設なの？」

「組織……というより、何かあった時に助けてもらえる仕組みと言いますか。〝シェルター〟は、西洋諸国を中心に世界各国に点在しています。異端審問官から守る、人外たちの避難場所。凛音様は世界中を旅しておられましたから、各国のシェルターにコンタクトする手段を持っていらっしゃって、多くの迷える人外たちを救い、見合ったシェルターに導いてきました」

「元来は、ヨーロッパの魔女たちが、魔女狩りから身を守るために生み出したシステムらしいぜ。ここにアリスキテラ様がいらっしゃるように、海外のシェルターも、魔女のばあさんが管理人をしていることが多い。凛音様もまた、日本にいる間は、ここを拠点にしている」

サリタとジータの教えてくれたことに、なるほどと思いつつ、

「今までずっと、謎ではあったのよね。凛音はどこに寝泊まりしてるんだろうって」

しかしまさか、こういうことだとは思わなかった。

視線を紅茶に落とし、私はしみじみ考える。

「ここに来るまで、凛音のことを、私は何一つ知らなかったわ。てっきり孤高を貫いているのだとばかり思っていたけれど、意外と色んなことをしてきて、色んな繋がりを持っていたのね……」

それは、千年前の大江山の仲間たちとは、違う繋がり。

凛音が自分で見出した関係と、居場所。

その時ふと、以前騒動を起こしたルー・ガルーについて思い出した。ルーのことも、凛音は私たちより先に知っていて、彼女を利用して私にコンタクトを取った節がある。この館は、以前ルーの記憶で見たものと、どこか似ている気もする。

それに以前、若葉ちゃんが匿っていた獏だって。

あの獏のことも、凜音は助けてあげようとしていたのよね。だからここへ、連れてきたのよね……

「凜音様に救われた者はとても多い。そのぶん協力者も多いのです。ね、ジータ」

「そうそう。さっきあんた、凜音様がモテるとか何とか言ってたけど、実際あの人、魔女とかエルフとか、人魚たちに超モテモテだから」

「モテモテ……？」

私は目の端を鈍く光らせる。尋ねる前に、その手の話題が出てきたぞ。

「ねえねえ。なら今まで、凜音っていい感じになった女性とかいるのかしら？　さっきのアリスキテラさんとか」

身を乗り出し、なぜか小声になって聞いてみる。

元ご主人様としては、さっきからそこが少し気になっているのだった。

しかし私のこの発言にジータが「うげっ」と青ざめた。

「アリスキテラの婆さんはねーよ！　お互いがお互いを利用している、協力者同士ではあるだろうがな」

「アリスキテラ様の方は、凜音様を気に入っておいでですけどね。でも凜音様には……僕らが見てきた限りでは、そのような特別な女性はいませんでした。話に聞いたこともありません。凛音様は……多分、今も……」

と、その時。サリタの話が中断される形で、突然、窓ガラスが割れるような音が響いた。

私たちはビクッと肩を上げ、慌ただしく周囲を確認する。

ちょうどこの庭から見える、館の二階にある窓。そこからモクモクと、黒い煙が出ているようだった。まさか、火事⁉

「ああっ、あれ多分、アリスキテラ様の仕業です」

「まったく、噂してたらあの婆さん、また薬の調合に失敗したのかよ。そろそろボケてんじゃねーか！」

サリタとジータが素早く動き、館の方へと駆けていく。

私も彼らについて行った。流石、狼人間、足が速い。

「ゲホゲホ。うわっ、煙くさっ！」

二階の、例の部屋の扉を開けると、黒い煙が勢いよく溢れ出てきた。

煙の向こう側に、倒れた大鍋と、こぼれて黒炭になっている何かが見える。

また、異臭が鼻をツーンとさす。酸っぱいやら苦いやら甘いやら、もう何が何だかわからない、涙が出てきそうなほど、猛烈な臭い。

そして、先ほど出会った、アリスキテラという魔女のお婆さん。彼女が、窓辺に足をかけて、外へと逃げようとしていた。

「イヒヒッ、さじ加減を失敗して爆発しおったわ。ちょっと足りないものを調達してくるから、片付けはお前さんたちに任せたぞ～」

そして魔女らしい不気味な笑い声を上げて、箒にまたがり飛んで行った。

魔女って本当に箒に乗って飛ぶんだ！

「あのババア！　薬の調合に失敗したら、俺たちに掃除を任せてすぐ逃げやがる！」

「仕方ないよジータ。僕たち、住まわせてもらってる身だし」

そして、文句を言いつつも諦めた様子で、部屋の被害状況を確認するサリタとジータ。

どうやらこの部屋の掃除をするらしい。

私もまた、長いため息をついてから、パンと手を合わせる。

「仕方がないわね。一緒に手伝ってあげる」

「えっ!?」

「いっそこの館も丸ごと、徹底的に洗ってあげるわ」

サリタとジータの二人が、わかりやすく口を丸く開けて、

「そんな、ダメですよ！　茨木童子様はお客様です！」

「そうだぜ！　あんたはここで優雅に茶でも飲んでりゃいいんだ。あんたに掃除させたとあっては、俺たちが凛音様に叱られる！」

と、困った顔をして私に訴える。

この慌てよう、私は本当にお客様の扱いなんだな。

「だけどこのお館、あちこち蜘蛛の巣が張っていたり、張り紙がはがれかけてたり、窓が曇ってたりするでしょう？　埃もたくさん舞ってるし、このままじゃハウスダストにやられて、病気になっちゃうわ」

というわけで、魔女の部屋にあったアンティークな髪飾りを勝手に拝借し、髪をまとめて結い上げる。

「てことだから、あんたたち、ありったけの掃除道具をここに持ってきなさい！」

「え、あ、はい」

私に命じられ、ビシッと背筋を伸ばして、二人はそれぞれモップやら箒やら、掃除機やら、バケツやらをここへ持って来る。

そうして始まった大清掃。

魔女のお部屋だけではなく、天井にはびこる蜘蛛の巣をとって、床の埃を払い、窓を開けて空気を入れ替え、使いっぱなしの台所も念入りに磨いて……

私は、掃除をすることで何時間も体を動かして、気を紛らわせていた。

凛音も不在で、外界がどうなっているのかもわからない。

表向きは明るく振る舞っていても、自分自身が知っている、胸の奥にある焦りの感情を抑え込むために。

「ふう。こんなもんかしら」

流石にこの館の全てを把握し、掃除しきることは出来なかったが、ある程度のところでいち段落とした。とりあえず気になった部分は綺麗になったかしら。

「バ～ク～」

あの獏が足元にいた。いなくなったと思ったら、いつの間にか側にいる。

相変わらず気配とあやかし臭のない子だ。

「どこ行ってたの？　ここでは気ままな生活を送っているのね、あんた」

「バ～ク～」

白と黒の毛並みをした獏を抱えて、私は窓から外を見る。

外はすっかり夜だ。

凛音、まだ帰ってこないけれど、どこへ行っちゃったのかしら。

聞きたいことも、たくさん増えたのに。

「それにしても、お腹空いたなあ。いつもよりずっと空いてる気がする。人狼の子たちにわがまま言って、何度か葡萄パンをつまみ食いしたんだけど」

そろそろ夕飯の時間かしら。どこからかいい匂いがしてくるので、きっと見えぬものたちが夕食を用意してくれているのね。楽しみ。

そもそも今って、何日の何時だろう。私、腕時計しない主義だし、スマホを入れておいたカバンも見つからないし、この屋敷には時計がないし……

なぜかここにいると、時間の感覚が鈍るのよね。

「バクバク」

突然、腕の中の獏がもぞもぞと暴れだした。いつもあんなにのんびりで大人しいのに、どうしたのだろうと思っていたら、

「茨（いばら）……姫（ひめ）……」

私を呼ぶ声が聞こえた気がして、視線を下げた。

庭に、足を引きずって進む、傷だらけで血まみれの銀髪の吸血鬼がいる。

「凛音⁉」

私は窓から飛び降りて、凛音に駆け寄る。そして、今にも倒れそうな凛音の体を、この身で受け止めた。

「凛音！　凛音、しっかりして！」

何と戦ってきたのか知らない。

だけど、あちこち怪我をしているし、血も不足している。

私は彼を連れて館内に戻り、サリタとジータが手当ての用意をしている間、一番近くの

客間のベッドに彼を横たえた。貘も心配そうに、凜音の枕元に留まっている。

早く傷の手当てをして、私の血を与えなければ。

体の頑丈なあやかしとはいえ、吸血鬼にとって血が不足するということは、死に直結する事態だ。

「……え」

治療しようと、彼の上着とシャツを脱がせ、絶句した。

その体に負った古傷の多さが、物語っている。

「凜音。あなた……」

ずっと。

ずっとずっと、何かと戦ってきた。そんな体だった。

凜音は今まで、どれだけの怪我を、この身に負ってきたのだろう。

そこまでして、手に入れたいものとは、何だったのだろう。

知りたい。もっと知らなければならない。

今まで向き合うことのできなかった、凜音のこと。

おそらく凜音には、叶えたい〝願い〟があるのだ。

第四話　時巡り・凜音　―大江山吸血鬼絵巻（上）―

オレの名は、凜音（りんね）。

あの方が付けてくださった、鈴の音を由来とした名だ。


日本に、世界中の吸血鬼が集まりつつある。

赤の兄弟の、夜会（サバト）が開かれるからだ。

奴らはかつてない血の酒宴を計画している。

茨木童子（いばらきどうじ）の生まれ変わりの娘を誘拐し、血を一滴残らず搾り取り、同盟の仲間たちで分かち合う――そんな、太陽を克服するための復活祭を執り行うつもりでいるのだ。

吸血鬼たちの悲願が目の前にある。

何としても奴らは茨姫（いばらひめ）を捜し出し、その血を飲もうとするだろう。

奴らは生き血が大好物だ。もし、彼女が奴らに捕らえられてしまったら、残虐に、無慈悲に、生きたまま血を搾り取られる。

痛みも悲鳴も、奴らの好物。酒の肴（さかな）に過ぎないのだから。

オレはそのような光景を、何度も見てきたのだから。

許さない。

あのような下賤（げせん）な連中が、あの方に触れるなど許さない。

これは、赤の兄弟を滅ぼすチャンスでもある。オレは奴らと同じ吸血鬼だが、あいつらの所業にはほとほと嫌気がさしていた。

茨姫の脅威となるのなら、なおさらだ。

奴らが東京の一箇所に集結した折には、オレが一網打尽にしてみせる。

たとえ、この命が尽き果てようとも。

○

鈴の音が聞こえる――

かつて。

そう、千年以上も前のこと。

オレは山奥の、誰も知らないような谷で生まれた。

そこは日本古来の吸血鬼の隠れ里で、岩窟（がんくつ）に住居を築き、吸血鬼たちは日中はそこで太陽の光を防いで眠り、夜になると狩りに出ていた。

吸血鬼の食事とは、主に、血液である。

男たちは人里に下り、人間の女や子どもを密かに攫ってきた。

吸血鬼の女たちは、その人間たちに意識を曖昧にさせる薬草を嗅がせて殺し、鮮血を抜き取っては、まずオレのような子どもたちに与えた。その後、里の住人に分配した。

人間の女や子どもが忽然といなくなる現象を、人は神隠しなどと言っていたが、谷に住む吸血鬼たちは、それが真の神隠しに見えるよう、いくつかの掟を定めていた。

まず、一つの村で攫っていい人数が決まっている。同じ時期に、怪しまれるほど人を攫っては、こちらの存在に勘づかれるからだ。

次に、決して姿を見られてはならない。吸血鬼の存在を知られてしまえば、逆にこちらが襲われると分かっていたからだ。

それはおそらく、吸血鬼の先人たちが定めた掟だったのだろう。谷に住む吸血鬼の数は少なく、昔はもっと居たのだと、長老は言っていた。

吸血鬼は、確かに人を攫って殺し、その血を啜って生きている。

しかしそれ以外で人間を害してはならず、また苦痛を与えるような残酷な殺し方をしてはならない。血を搾り取った遺体は、吸血鬼の習わしに則って供養する。これもまた、掟で定められたことだった。

人間が山の獣を狩って食うのと同じで、オレたちにとっても人間の血は生きていく上で、絶対に必要なものだった。それは営みの一部であり、当たり前のことだった。

しかしある日、掟に反発していた吸血鬼の若者数名が、夜中に人里に下り、その姿を晒して暴れた。

女子どもを襲い、おおっぴらに血を吸って殺し、吸血鬼の存在が明らかになってしまったのだ。

人間たちは怒り狂い、その吸血鬼たちを捕らえて拷問し、谷の里の存在を聞き出した。

人間の男たちは武器を取り、吸血鬼の隠れ里を焼いて、妻子を失った怒りに身を任せて吸血鬼たちを惨殺したのだ。

オレはそんな中、唯一谷から逃げることのできた吸血鬼の生き残りだった。

逃げる途中、川に落ちて知らない場所まで流されたのだ。

人里などない山間。

そこで、オレは死んだ同胞たちの無念に苛まれながらも、生き延びるために魚や獣の血を吸い、力の弱いあやかしを狩って食った。

しかし吸血鬼とは難儀な化け物で、人間の血でなければ霊力も回復しないし、何より不味くて空腹が満たされない。

霊力の枯渇は、あやかしの命を削る。

こんなのではダメだ。オレは人間に復讐しなければならない。

父も母も、兄弟も、同胞たちを皆殺しにした〝人間〟に――


ある日の夜。

オレは山中で弱いあやかしたちを追い詰めていた。

こいつらを食って、ちっぽけな霊力を体に取り込み、何とか生き延びるためだ。

「お前なんて、大江山の酒呑童子様と茨木童子様が一捻りだ！」

「あのお方が、お許しになるはずがない！」

そいつらが一斉に喚いている言葉を聞いて、オレは鼻で笑った。

しかし少々興味を抱く。

酒呑童子と茨木童子、か。

前にも低級妖怪たちがその名を叫んでいたのを聞いた。どうやら近くの大江山に根城を築いた、鬼の夫婦であるらしい。

しかも茨木童子という女の鬼の血は、この世のものとは思えぬほど美味で、飲むと強大な力を得られるのだとか。

オレはその鬼の夫婦を捜してみようと思い、大江山の奥に進む。

特に、女の鬼を見つけなければと思っていた。

その女の血を飲むことができれば、オレは、人間たちに復讐ができるのだから。

――リン、リン。

濃い霧が立ち込める山中に、鈴の音が響く。

何だこれは。大江山は奥へ行こうとすればするほど、不思議な現象に見舞われる。

まず、同じ場所をぐるぐると歩き回っている。

鈴の音が聞こえたかと思ったら、目の前に見覚えのある分かれ道が現れるのだ。

どちらに進んでも、どれほど登った気でいても、必ず山の麓（ふもと）に下りている。

おかしい。こんなのは絶対におかしい。

原因を探るべく、オレは木に登る。この辺で一番高い木だ。

しかし見えるのは深く生い茂った緑ばかり。しばらく、オレは大江山の謎を解くことは出来なかった。

しかしある夜。オレは木の上で銀色の鈴を見つける。

それを引っ張って鳴らしてみると、連鎖的にあちこちで鈴が鳴る。

この音には聞き覚えがある。大江山で迷った時に、必ず響く音だ。

オレは鈴をくりつけている糸を手繰り、銀の鈴をいくつか見つけて、引き千切った。

するとこれまた、おかしな現象がオレを襲う。

まるで宙に切れ目でもできたように、ペランと何かが剝がれて、景色が変わった。今まで見ていた雑木林ばかりの景色ではなく、明らかに何者かの手が加えられた整った竹林が、目の前に現れたのだ。

オレはゴクリと唾を飲み、覚悟してその竹林を進んでいく……

「……？」

奥へ進むと、女物の美しい着物がひらひらと風に吹かれて靡いている。どうやら竹を切って組み立てたものに、衣がかけられているらしい。

目の前には、ぽっかりと大きな満月を掲げる、開けた大きな湖があった。

一人の女が水浴びをしている。赤く長い、緩やかなくせの髪の女だ。

人間の女ではあり得ないような、血の色の美しい髪。

「きゃっ」

その女がオレの存在に気がついて、水で洗っていた体をとっさに水中に沈める。

だが、集う鬼火がオレの姿を暴き、女は「あらまあ」と驚きの声を上げた。

「なんだ、子どもじゃない」

その女の鬼は、裸のくせに恥ずかしがることもなく湖から上がる。

オレはと言うと、さっきからずっと、言葉を失っていた。

月に照らされた女の鬼の姿が、あまりに神秘的で、美しかったから。

「お前、どこから来たの？」

「…………」

「あらら固まっちゃってる。そう怖がらなくてもいいのに。そっちにだって、立派な鬼の角があるじゃないのよ」

女はオレの額から伸びる角をちょんと突いて、クスクス笑いながら、その体に薄手の着物を纏わせる。

「おい、茨姫無事か！　この辺の結界が破られたようだぞ！」

慌てた男の声が聞こえ、誰かここへやって来た。

黒髪の、立派な身なりの男の鬼だ。

「あ、シュウ様！」

女の鬼は着物を半端に着た状態でその男に抱きついて、猫のように顔を擦り付ける。

「お、おい茨姫、ちゃんと着物を着ろ！　肩がはだけてしまっているぞ。髪も濡れたままじゃないか！」

男の方はそう窘めながらも、甲斐甲斐しく女の鬼のはだけた着物を整えてやっている。

なんだこいつら。

「ん？　なんだ、この餓鬼は」

男の鬼が、突っ立っているオレに気がついた。

「ま、まさか茨姫の水浴びを覗きに⁉」

「馬鹿言わないでシュウ様。きっと迷子よ。見て、かわいそうに恐怖で声も出ないのよ」

「迷子だあ？」

男の鬼はオレの前に膝をつき、顎に手を当てて顔を持ち上げ、まじまじとオレを見る。

「ほお。これまた珍しい銀髪の鬼だ。確か、北の谷間に住む血吸いの鬼が、こんな風貌をしていると聞いたことがあるな。まさかこいつ……血吸いの鬼か？」

「あ、見てシュウ様。この子、手に結界鈴を持ってるわ。こんな子どもに結界を破られちゃったのよ。ふふ、最強の鬼、酒呑童子の名が泣くわね」

「う、何ということだ」

酒呑童子……？

まさかこの男の鬼が、大江山の酒呑童子だというのか。

ならこっちの女の鬼が、茨木童子？

嘘だろ。もっといかつい連中かと思っていた。期待はずれもいいところだ。

それでも、ずっと探し求めていた存在が目の前にいる。オレは素早く手を動かし、男の鬼が腰にさしていた刀を抜き取った。

「な……っ!?」

そして、体を回転させてそのまま男の首を狙う。

だが、男の首を狙った刃は、別の刀によって弾き飛ばされる。

「子どもだと思って油断しすぎたわ」

女の……茨木童子の短刀だ。いったいどこに隠し持っていたというのか。

見た目こそ、まだ少女と言っても過言ではない、女の鬼。

だがオレの刃をいとも簡単に受け止め、手首の動きを利かせて払い落とす。

その女の表情は、冷徹な鬼のそれだった。

「……っ」

ブワリと、畏怖のようなものを身体中で感じとる。

ガタガタと震えてしまいそうな足に力を込め、オレはすぐに後退して、弾き飛ばされた刀を手に取った。

それなのに、この女ときたら涼しい表情で短刀を鞘に収める。

「あなたもしかして、シュウ様を殺しにきた都の刺客かしら。それとも陰陽師の式神？」

「そ、そんなものは知らない！　オレはオレの同胞のために、お前の血を求めてここに来た！」

「同胞？　私の血？」

茨木童子はキョトンとしていたが、オレは刀を構え直す。

だが背後からポンと肩に手を置かれて、オレはやっと、もう一人の鬼の存在を思い出した。

「おい小僧。その刀、欲しいか？　気に入ったんならお前にやるぞ」

大江山の鬼の王、酒呑童子――

「……は？」

殺されると思ったが、その男の鬼は想像もしていなかった言葉を吐いて、凛々しい笑顔でオレを見下ろしている。

「ちょっとシュウ様！　ほんっと子どもに甘いんだから。お菓子をあげる感覚で刀をあげないでちょうだい！」

「お、悪い悪い」

女の鬼が男の鬼を叱っていたが、そういう話か？

何なんだこの鬼夫婦は。

酒呑童子はオレの肩を掴んだまま、

「お前は見込みのある餓鬼だ。血吸いの鬼の里は、人間たちに滅ぼされたと噂で聞いた。お前がその生き残りで、孤児だって言うのなら、大江山で面倒を見るぞ」

「嫌だっ！」

オレは速攻で否定してしまった。自分でも、なぜ否定してしまったのかわからない。こいつらに面倒を見てもらった方が、よほど楽だったろうに。

「嫌って言っても、あなた今にも倒れそうよ。ガリガリに痩せているし、血が足りてないのでしょう?」

「うるさいうるさいっ! オレはお前たちの情けなど受けない。血は奪い取るまでだ!」

多分オレは、誰も信じられなかったんだ。

誰かを信じたり、油断を見せたら、死ぬと思っていた。

谷の同胞たちを失った絶望、その後味わった孤独、生と死の境をフラフラ歩いているような空腹感が、オレに信じる力を損なわせていた。

ビリビリと敵意だけを纏い、目の前の鬼たちを睨みつける。

無償で血をくれる存在などありはしない。こいつらはオレを騙して食うつもりなんだ。

ならば結局、殺して奪うしかない。

今までもそうやって生き延びた。

オレは酒呑童子を振り払い、茨木童子めがけて駆け抜け、斬りかかる。

だが、茨木童子は紅をさした唇に美しい弧を描き、微笑んだまま。

「え?」

いつの間にかオレは、先ほど振り払ったはずの酒呑童子に、再び肩を掴まれている。

それも、先ほどと同じ場所で。なぜ……っ。

「無理よ。大江山はシュウ様の国だもの。お前の動きなどお見通し。全て、支配されているわ」

茨木童子はオレの下までやってきて、オレの刀に触れる。

てっきり取り返されるのかと思っていたが、彼女はただ指で刃をなぞっただけ。

オレの持つ刀には、身震いするほど芳(かぐわ)しい血が、一筋滴った。

「遊んでくれたお礼に血をあげるわ。だけど、今日はここまで。私、今から、シュウ様といいことするんだから」

「いいことって。おいおいやめろよ、子ども前で」

酒呑童子がニヤけて、隙だらけになる。

「私の髪を乾かしてくれるでしょう？　お楽しみの時間なんだから」

「あ、それか。ははは」

「何考えてたのよ、シュウ様」

「ははは」

まただ。いったい何をやってんだ、この二人は。

オレには到底理解できない、甘ったるい空気が充満する。すっかりオレは蚊帳(かや)の外。

しばらくしてやっと、茨木童子はオレのことを思い出した。

「あ、あなた。また私に挑んで来なさい。結界の抜け方は、もう分かっているわね？」

酒呑童子も、今一度オレの肩をポンと叩いて言う。

「そういうわけだ。その刀もお前にくれてやる。いい刀だぞ。そこらへんで拾った鈍で、我が妻に斬りかかるほど無謀じゃないだろう。何たって茨姫は最強だからな」

「ま、シュウ様ったら」

鬼の夫婦は身を寄せ合って、また甘ったるい空気を醸し出し、闇夜と霧の中へと消えた。

二人の仲睦まじい笑い声が、どんどん遠ざかっていく。

「あれが、酒呑童子と茨木童子……だと」

平安京の帝すら恐れるという、最強の鬼夫婦。

想像とはかけ離れていたし、バカ夫婦だったが、確かに強い。

誰もがそう言っていた通りに。

「そうだ。あの女の血！」

この刀の刃で、薄く皮膚を切って流れ出た鮮血。

その血の色を見ているだけで、香りを嗅ぐだけで、オレの心は酷くかき乱される。

欲しい。飲みたい。

我慢できず、刀についたほんの少しの血を指で掬い取り、オレはそれを舐めた。

「…………」

そして、ゆっくりと天を仰ぐ。

驚きを通り越した血の味、血の力。

喉を転がり、身体中に染み渡り、空腹が満たされていく。

きっと、この世にこれ以上美味いものなど無いだろう……

気がつけば、オレは生まれたばかりの赤子のように泣いていた。まるで、温かな両手で抱きしめられたような心地だった。

まるで、恋い焦がれた何かを手に入れたような、幸せ。

だが、その幸せは、永遠には続かない。ふと現実がオレを襲う。

もっとこの血を手に入れなければ。もっと飲みたい。もっと――

こうしてオレは、ギラギラした欲望を抱き、茨木童子の血を求めて、何度も何度も大江山に足を踏み入れる事になる。

鈴の音を聞き分け、その鈴をもぎ取り、結界のほつれた部分を見つけては、小さな体を捻って、大江山の鬼の国へと、侵入を試みるのだった。


「あら、あなた、また来たのね」

茨木童子は、オレが来るといつも、赤い花のように頬を染めて喜んだ。

「ほらみろ。茨姫の血の味を知ってしまったんだ。それ以外がもう不味くて不味くて仕方がないんだろう。やはり子どもに贅沢をさせるべきではないな」

「もー、シュウ様ったら意地悪なことを言って。当たり前のように結界を破れるようになったのよ、この子。やはり見込みがあるわ」

そして茨木童子は、持っていた刀の切っ先を差し向けて、告げる。

「あの時は、あんたがあまりに痩せっぽちで哀れだったから、ちょっとだけ血をあげたのよ。少しでも凄い効果があったでしょう？」

「……ああ。だからもっと、その血がいる」

「ふふ。もうタダではあげないわ。私を楽しませ、その刃が肌に届いたなら、この血をあげる。さあ、かかってきなさい小僧！」

全力で斬りかかるオレを、余裕で受け止める茨木童子。

オレとあの女の力の差は歴然だった。まるで羽虫でも相手にするかのように、オレを軽く払いのける。

そして十分楽しんだら、オレに一発キツいのを見舞う。

ぶっ倒れたオレに、彼女はいつも、ちょろっとだけ血をくれる。

「楽しかったわ。また遊びにいらっしゃいね」

そう囁いて、体に走る痛みで動けないオレの口を無理やり開いて、あの女は指先から溢れる一雫（ひとしずく）の血を口内に垂らすのだ。

そして、少し遠くで見守っていた夫の下へと、嬉（うれ）しそうに帰る。

オレはそんな様子を、霞（かす）んだ視界でとらえながら、やっぱりこいつら、変な鬼夫婦だなと思ったりする……。

毎夜、毎夜。

オレは茨木童子に勝つため、鍛錬を積んだ。

もともと一角の吸血鬼とは武術に優れた一族である。

オレは夜な夜な刀を振るい、熊と格闘し、猛獣を討ち取り、作戦を練っては、大江山の結界の抜け道を探して、茨木童子に奇襲をかける。

茨木童子はオレが来るのを予期していたかのように、いつもどこかで、真剣を携えて待っていた。

「だってあなたがやってくると、大江山のあちこちに仕掛けられている銀の鈴が、リンリン、って鳴るのよ。あ、またあの子がやってきたって思うわけ。あなた、来るたびに強くなっているから、私も楽しいのよね」

そんなことを言うくせに、手加減など一切なく、オレをコテンパンに打ちのめす。

そしてオレが伸びている間に。血を口に注ぎ、鉄の御殿へと帰ってしまうのだ。

毎度毎度、情けをかけられるのが悔しかった。

強くなりたい、強くならなければと、ムキになった。

どうしたらもっと強くなれるのかを研究し、様々な方法を試す。確かにオレは、茨木童子と戦うたびに、力をつけていったと思うのだ。

そんなある日のことだ。

あまりに集中して素振りをしていたせいで、日の出の時間を忘れていた。

オレは太陽の光を直で浴びてしまったのだが、体に何の影響も無かったのだ。

おかしい。これはかなり、おかしい。

オレは日光が苦手な吸血鬼だと言うのに。

「これはまさか、茨木童子の血の力か?」

朝日に向き合い、両手を見つめ、震えながら呟いた。

おそらくそうだ。そうだとしか思えない。

少しの陽の光で、燃えて灰になって死ぬ。それが吸血鬼の運命で、太陽を拝むなど奇跡以外ではありえない。

オレは知っている。

隠れ里の長老も、父も母も、兄弟たちも。

誰もが、いつか太陽の下に出てみたいと、願っていた。

オレは幼くてその意味がよくわからなかったのだが、今ならばよくわかる。

太陽の光は、こんなにも優しく柔らかく、暖かい。

なぜかこの暖かさに浸っていると、茨木童子の赤い髪を思い出すのだった。

「あら？　珍しいわね。昼間にお前が来るなんて」

オレはその日、茨木童子の下を訪ねた。

茨木童子はちょうど、大江山で保護した幼いあやかしたちと共に、オレたちが初めて出会ったあの湖に来ていた。

茨木童子は、すぐにオレの様子がおかしいことに気がつく。

「もしかして、泣いているの？」

「……オレ……」

本当は、感謝を伝えたかったのだ。

茨姫の血の力のおかげで、オレは太陽の光を克服したのだと。

こんな昼間でも、あなたに会いに来られたのだと。

だけど、たった一つの、ありがとうという言葉が出てこない。自分の体に起こった変化に動揺していたというのもあるだろう。

「何かあったの？　私に話してごらんなさ──」

「⁉」

自分の頬に触れた茨姫の手が、あまりに暖かくて。

それに驚いて反射的に刀を抜き、彼女に斬りかかってしまった。

茨姫はその時、刀を持っていなかった。そのせいで彼女の腕を深く切ってしまった。

「いやああっ、茨姫様！」

「姫様をいじめるな！」

「いじめるな！　血吸いの鬼め！」

茨姫が世話をしていた子どものあやかしたちが、オレに向かって石を投げつける。確かにオレは、とんでもなく卑怯(ひきょう)なことをしてしまったのだ。

無性に切なく、やるせなくて、オレは逃げ出した。

茨木童子の血が、あんなに滴っていた。あの血に理性を狂わされ、また彼女を襲ってしまうかもしれない。

それがとても恐ろしい。

あんな状況で、美味そうだと思ってしまったことが、恐ろしい。

「待ちなさい！」

茨姫はオレを呼んだが、立ち止まることなどできない。

走って、逃げて、逃げて――

それからしばらく、オレは茨姫に会いに行くことはなかった。

申し訳ないことをしてしまったという後悔が、あまりに強く心に残っていて。

季節が一つ過ぎ去った。

オレは日光の下に出られるようになったおかげで、行動範囲も広がり、少しばかり体も成長した。

そろそろまた、茨木童子に会いに行ってもいいだろうか。

あの時の謝罪をしたい。

そして感謝も伝えたい。今度こそ。

そう思って、オレは山葡萄を摘んでいた。

茨姫はよく何かを頬張っている気がする。肉だったり魚だったり、果実だったり。とにかくよく食べている姿を見かけていた。食うのが好きなんだろう。

だから、食い物がいいと思っていたのだが……

オレは、山葡萄や柿を探し、栗拾いに夢中になっていたせいで、人里の近くまで下りていることに気がつかなかったのだ。

「鬼だ！」

「ここに鬼がいるぞ！　殺せ！」

人間たちがオレを見つけ、鍬や鎌で襲いかかる。

オレはその時、刀を持っていなかった。いつも肌身離さず持っているのに、この時だけは、果実を集めるのに邪魔だからと置いてきたんだ。

ひたすら殴られ、蹴られ、傷つけられた。抵抗しなかったのは抱える果実や木の実を守ろうとしたからだ。

人間への憎しみより、そっちを選んだ。オレはバカだな。どうせ散らばって、踏み潰されて、ぐちゃぐちゃにされてしまうのに。

このままでは、オレも同胞たちと同じように、人間に殺される。

目の前で踏みつけられた果実のように、あっけなく、血を撒き散らしながら。

一度でも太陽の下に出られたのだから、オレは同胞たちに比べたら、ちょっとは幸せな吸血鬼だったかもしれない。

だけど、死ぬ前にせめて、茨木童子に謝りたかった……

ボロボロの体を引きずられ、あいつらはオレを人里の中央に刺した丸太に縛り付けた。

そして、数日に亘って嬲り続けた。トドメを刺す事もなく。

太陽を克服したといっても、日中ずっと外に出されていると、皮膚が焼けるように痛い。

出血が続き、体の中が乾いていくのがわかる。

もうそろそろ死ねるだろうかと、朦朧とする意識の中、オレはその声を聞いた。

「その子を置いて、村を捨てて消えなさい。人間どもめ」

胸がドクンと高鳴ったのは、その声の主が、あの茨木童子だったからだ。

茨木童子が、こんな日中に、人里に下りてきたのだ。

「さもなくば生きたまま内臓を引きずり出して、惨たらしく食らってやる。自分の内臓を拝みたいやつ、さっさと名乗り上げなさい！」

「ひ、ひいいいい〜〜〜っ」

人間たちは悲惨な死の想像でもしたのか、蒼白な顔をして、その場から逃げ去った。

里の人間が全員、逃げていった。

「ふん。なんて骨のない連中かしら。人間なんて、結局弱そうな相手にしか強く出られない臆病者なのよ。いたぶっても許される存在を、常に求めている卑怯者め」

茨姫は、人間に対する嫌悪感を滲ませながらも、その刀を振るってオレを縛っていた綱を断ち切った。

そして、干からびて死にそうなオレの前で屈み、オレの髪を撫でた。

「あなたのその銀の髪を撫でてみたいと思っていたの。だけどあなた、私に触れられるのを嫌がったから」

「…………」

「かわいそうに。なんて酷いことを。……だけど、負けてはダメ。死んではダメよ。あなたは私と一緒に生きるのよ」

意識が遠ざかる中、茨姫はオレを抱き上げて、力の入らないオレを支えながら、その美しい顔を近づけた。

何が何だか分からなかったが、とても温かく、柔らかなものが口に触れ、流され、内側を満たしていくのが分かった。

これは……彼女の血だ。

「あああっ。茨姫！　なんてことを……っ、そ、そんなクソガキに、く、口移しで血をくれてやるなんて！」

酒呑童子の喚く声が聞こえた。いつの間にかこいつも来ていたのか。

そして何を言っているんだろう、この男は。

「シュウ様ったら、子どもに妬いてるの？　昨日、猪太郎を寝かしつけた時にもチュってしたわよ？」

「え、そうなのか？　俺にはしてくれなかったのに？」

「シュウ様、子どもじゃないでしょ？」

「いやあああああああああっ、俺の茨姫様がクソガキに接吻を！　口から直接血を流し込んでもらうなんて、超絶っ、羨ましい！」

「うるさいわよスイ。この子の傷に響くから叫ぶの禁止よ」

接吻？　なんだそれ。

オレはもう眠りたいのに、いちいちうるさくて意識が引き戻される。

「てめえ、この水蛇野郎。表に出ろ。何か言い方が気持ち悪い」

「やだ！　酒呑童子様の嫉妬が俺に向かってる⁉」

「も一っ、早く御殿に帰るわよ！　ちゃんと手当てしてあげなくちゃ……このままじゃ。この子……」

姿は見えないのに、声が聞こえてくる。大江山の馬鹿どもの声。

オレはこんな奴らに、助けられてしまったんだな……

目が覚めた時、オレは、立派な座敷の寝所で寝ていた。

じっと俺を見ていた一つ目の女の子どもがいて、ギョッとしたが、

「姫様～、一本の角の子、起きた～」

その子が、誰かを呼びに行く。

「あら、目が覚めた？　よかった、凄い怪我だったから」

茨木童子だ。

彼女がオレのすぐ側にやってきて、濡れた手ぬぐいで額や頬を拭く。

オレは黙って、大人しくしていた。されるがままだった。

目で、茨木童子の表情や手の動きを追いながら。

「ここは大江山の御殿よ。あなたは三日ほど寝ていたの。だけどもう、大丈夫。死にはしないわ」

「オレは、あんたに助けられたのか」

少しずつ状況を把握してきた。

同時に、情けない思いがこみ上げてくる。ぐっと奥歯を嚙んで、拳を握りしめた。

「どうかした？」

「助けてくれなくても良かった」

「……え？」

「死んだほうがマシだ。オレなんか……っ」

こんな風に、この人に迷惑をかけるくらいなら。

オレは何のために生き残り、助けられてしまったんだろう。

茨姫はしばらく黙っていたが、何を思ったのか泣くオレの額を優しく撫でて、そして、

「いたっ！」

なんとオレの額に、思い切りデコピンをした。

ただのデコピンではない。茨姫のそれは、猛烈に痛い。人間なら死んでた。

涙目になって、じんじんと、頭から身体中へと響いて回る痛みに悶える。

「気持ちはわかるわ。私も、昔、自分なんて死んだ方がいいって思ったことがあるから」

茨姫はオレの顔を覗き込み、目と目を合わせる。とても近い場所で。

「だけどね、私はあなたが死んだら悲しいわ。そうでなければ、わざわざ人間の里まで助けに行ったりしない」

そしてそっと、痛む額に口付ける。

柔らかく、温かく、痛みが少しだけ消えて、妙な安堵に包まれて……

同時にとても泣きたくなった。

「こんなつもりじゃ……なかったんだ……っ」

ボロボロと、涙が溢れる。

オレは、山葡萄を摘んでいたんだ。あなたにあげたくて。

「ただ、謝りたかったんだ……あなたに……あなたを斬ったことを……オレは……っ」

上手く言葉にできないが、本当に、感謝しているんだ。

あなたのおかげで、オレは太陽の下に出られるようになった。

陽の光を克服した。嬉しいんだ。ただ、それだけを伝えたかったのに。

「強くなりたい……もっと……っ」

それなのに、オレがこんなにも弱いせいで、結局このひとに迷惑をかけることになってしまった。

茨姫はしばらくオレを見下ろし、幼子を慰めるように頭を撫でてくれていた。

そして、「ごめんなさい」と言う。

なぜ茨姫が謝るのかわからなくて、オレはピタリと泣くのをやめて彼女を見上げた。

「あなたの命を助けるために、勝手にあなたを私の眷属（けんぞく）にしたの。あなたは自由な子だから、縛られるのは嫌でしょうけれど」

「……え」

眷属ということは、茨木童子の手下になったということか……？

驚きこそしたが、オレは決して、彼女の眷属になることが嫌ではなかった。

むしろそれこそが、唯一オレにできる彼女への奉仕なのだと思った。

だけど彼女は、ずっと、申し訳なさそうな切なげな目をしている。悲しい顔をさせたい訳ではないのに。

「眷属の証（あかし）に、新しい名前をあげるわ。……そうね、あなたは〝凛音〟」

「りん……ね……？」

「うん、これが良いわ。リン、リンって、あなたが来ると、大江山の森の木々にくっつけてる鈴の音が鳴るから、ああ、また来たのねっていつも思うから」

茨姫は懐から何かを取り出した。

「ちょうどいいわ。私の作った鈴も、一つあげる……眷属の証よ」

「……これ」

「ええ。銀の鈴。大江山の結界に張り巡らしているものと同じ鈴よ」

茨姫はそれをオレの角につけた。そして、オレを優しく抱きしめたのだった。

凛音、か。

俺には、もともと、別の名があった。

だけどその名を呼ぶ者はもういないし、今更それに固執するつもりもない。

ただこの時、茨木童子に貰った〝凛音〟という名前だけは、長い長い生涯で名乗り続ける、オレの、唯一の名となるのだった。

「こーんな痩せっぽち。わしらが修業をつけたとして、体がどこまでもつかのう〜。しかも見事に愛想がないときた」

「しかし剣の才はありそうです。シュウ様の狭間結界に穴を開け続けたようなので、狭間結界を教え込むのも良いでしょう」

体が回復すると、オレは虎童子と熊童子という、大江山の大幹部の前に連れてこられた。

なんというか、態度のでかい派手な格好の男と、態度はしとやかだが体のデカい女。

どうやらオレは、この二人から剣術の稽古をつけてもらうらしい。茨姫が、この二人に直々に頼み込んだようだ。

オレが、強くなりたいと泣いて言ったからだろうか。

大江山の馬鹿どもの中で、虎童子と熊童子は比較的まともそうだと思ったものだが、それはオレの勘違いで誤算だった。

正直この二人が、一番、ヤバい。

今まで独学で学んできた全てのことを忘れさせられ、イチから鍛えなおされた。

そりゃもう、血反吐を吐くまで、徹底的に厳しくな。

「リン君、お疲れ～。今日も死ぬほどしんどそうだけど、おじちゃんが体力回復の飴あげようか～？」

「いらない。その飴クソ不味いから」

「うっわ、可愛くない。可愛くないガキんちょ～～っ」

大江山の医者である水連は、茨姫の眷属の一人だった。要するにオレの兄眷属。

奴は怪しげな片眼鏡を光らせ、時々オレに菓子を与えたがったが、あいつの作る菓子はなんか薬草の匂いがして、不味いので嫌いだった。

あと水連本人も、なんか得体がしれなくて嫌いだった。

「おい、凛音！　今日は狭間結界の特訓だ。俺が出した課題はやってみたか？　超絶難しかったろう」

「全然。もっと難しいので問題ない」

「く……っ、生意気な」

茨姫の夫であり、大江山の王である酒呑童子は、オレに狭間結界を教えた。

これは酒呑童子が編み出した結界術。大江山は、この狭間結界の使い手の育成を急務としており、来るべき都の退魔師たちとの戦いに備えていたのだった。

また、酒呑童子は自分が茨姫の側にいられない時、オレに茨姫を見ているよう頼むことがあった。一応、オレが彼女の眷属だったからだろう。

狭間の国の王でありながら、情けない姿もよく見せる、あまり王らしくない王。

しかし、この国のあやかしたちに、深く愛されている王だった。

「リン君、ボクとお話ししましょうなのよ。木の上まで登ってきなさいなのよ」

「嫌だ」

「まったく、愛想のカケラもないクソガキなのよ。姉眷属に無礼極まりないのよ」

「そもそもお前、女なのか？」

大江山の結界守りである木羅々（きらら）は、茨姫の二の眷属であった。

一見、淡い藤紫の髪を持つ少女のようであるが、こいつの本体は巨大な鬼藤で、狭間の国を見渡せる位置に巨大な藤の木を根づかせ、広範囲を見守っていた。

精霊本人も、木の植えられた位置からあまり移動することができずにいたので、いつも木の上か根元に座り込んで、暇そうにしている。

そのせいで、話し相手を常に求める、おしゃべりで面倒臭い奴だった。

オレは、この藤の木に銀の鈴を取り付ける仕事を命じられる以外、あまりここに来ることは無かったが、いつ見てもこの木羅々が女か男かわからなかった。

「こらリン！　読み書きの練習をするわよ」

茨姫は、オレに読み書きを教えていた。

オレはこれがあまり好きではなく逃げ出そうとしていたのだが、そんなオレを目ざとく見つけ、襟を掴んで引き戻す茨姫。

「和歌の一つも詠えるようにならないとダメよ。シュウ様みたいに下手くそになっちゃうわよ。せっかく綺麗な顔してるのに、女の子にモテないわ！」

「べ、別に女なんて……っ」

ジタバタしても逃がしてくれないのが、茨姫の腕力だ。

「あ、おい茨姫。今俺の歌を下手くそだって言ったな」

げ。酒呑童子までやってきた。

茨姫はそんな酒呑童子に、当たり前のような顔をして、

「言ったわよ？　でもそんなシュウ様が好きだからシュウ様はそれでいいの」

「……わかった。俺は茨姫が好きな俺でいることにしよう」

そして夫婦でいちゃつく。

その間にオレはまんまと逃げるのである。

こんな風に、大江山の、馬鹿で愉快な連中に育てられ、鍛えられ——

オレは二年もせずに、酒呑童子とそう変わらないような、青年の容姿になった。

吸血鬼は元来、成長するのがとても早い。しかし成長が早まったのは、茨姫の血を飲み続けたせいもあるだろう。

長く伸びた銀の髪に、浅葱(あさぎ)色の衣。

一角に銀の鈴をつけ、大江山の鍛冶(かじ)場で鍛えた二刀を腰に挿している。

そして、大江山に侵入者があれば、鈴の音を聞き分けて真っ先に向かう。

これがオレの、大江山での役目だった。


ある日のこと。

結界守りの木羅々より、侵入者アリとの鈴の音を聞き、オレは真っ先にそちらに向かっ

た。すると結界の瀬戸際に、傷を負った三本足の奇妙なカラスが落ちていた。

「何だ、こいつは」

妙に美味そうな血の匂いだったが、オレは日々茨姫の血を飲んでいるため、空腹ではなかった。空腹だったら血を吸っていただろう。

鳥の肉が好きな茨姫ならきっと喜んで食うだろうと思い、手土産のつもりで掴み上げたところ……

「僕を食うなど、罰当たりな奴め」

「!?」

まるでオレの心を読んだかのように、カラスは声を絞り出してそう言った。

そしてガクンと首を垂らして動かなくなる。死んだか？

「リン君～、もう侵入者ぶっ殺した？」

後からやってきた水連が、オレの掴んでいるカラスを見て「ぎゃっ」と悲鳴を上げる。

「ちょ、リン君！　なに掴んじゃってるの!?　それ神様！　神話時代の八咫烏!!」

「は？」

古今東西の知識があり、神格の類を備えている長生きじじいの水連だからこそ、わかったのだろう。

どうやらそのカラスは、神というヤツらしい。

全く神らしくない薄汚くボロボロのカラスだ。

御殿に連れて帰ると茨姫も「何このボロ雑巾」と言って摘まみ上げた。

「ボロ雑巾でも、煤ぼうきでもないよ！　これは八咫烏なんだってば！　金色の瞳と、三本の足を見てごらん」

「……？」

水連だけが相変わらず慌てていたが、確かにその特徴は、一介のカラスとはまるで違っている。

「この黄金の瞳は、あやかしの心を読むと言われている。ああ、なんて恐ろしいっ」

「あやかしの……心を？」

なるほど。それでさっき、食うために連れて帰ろうとしたオレの心を読んで、こいつは喚いたのか。

瀕死のカラスは茨姫の介抱と水連の薬もあって、順調に傷を癒し一命を取り留める。

「命を助けてくださって誠に感謝致します。このご恩は一生忘れません」

目を覚ました八咫烏は、命の恩人である大江山のあやかしたちに、礼儀正しく頭を下げた。そしてこの大江山に居続けたいと願った。

この八咫烏は〝深影〟という名を茨姫から貰い、彼女の四の眷属となったのだ。

しかしなぜか、大怪我を負う前の記憶を、こいつは一切合切失っていた。

また、不用意に仲間の心を覗くのを禁じられた。

長生きのくせに子どものように素直で、純粋で甘えたがり。茨姫によく甘え、甘やかされ、心から彼女を慕っているようだった。

また、酒呑童子や大江山の幹部をも慕い、藤の木の木羅々のもとへはよく遊びに行き、オレにはあまり近寄らず、水連のことは単純に嫌いなようだった。

オレたちは木羅々の鬼藤の下で、よく宴会を開いていた。

大江山には酒呑童子の趣味で酒蔵があり、美味い酒を好きなだけ飲むことができる。

この酒は人間に売ることは無かったが、酒呑童子が切り開いた、異界・隠世との商売の中でよく売れた。大江山の製鉄工房で作られた刀などの武具もそうだ。

そうやって、大江山の狭間の国は富を蓄え、異界の産物や技術をも取り込み、独自の発展をしていき、それは見事なあやかしたちだけの王国を作り上げた。

そこは、人間の支配する現世において、唯一と言えるあやかしたちの理想郷。

酒と馳走が振る舞われる賑やかな宴会は、そういった大江山の栄華を物語る一幕だったに違いない。

「凛音」

日中行われていた花見の宴会の席にて。

オレは木陰で一人静かに酒を舐めていたのだが、茨姫がドでかい酒入りひょうたんを、片手で抱えてここまでやってきた。

頬は赤く、なぜか僅かにムッとしている。

「お前、大きくなるのが早すぎよ〜。ちょっと前までこんなにちっこくて、愛想は無かったけれど、そりゃもう可愛かったのに〜」

ぷくっと頬を膨らませ、拗ねた表情の茨姫。

そんな事を言われても仕方がないだろう。

「酔っているのか、茨姫」

「あたりまえでしょ〜〜」

うわ、酒臭い。

「成長を促したのはあなたの血だ。文句を言われる筋合いなどない」

オレはため息をつきつつ、真上で揺れる美しい藤の花を見上げた。淡い紫の隙間からチラチラと、柔らかな日光が降り注ぐ。

オレが陽の光を嫌う吸血鬼だった頃は、絶対にお目にかかることのなかったもの。

太陽の光があるからこそ、この目で拝むことのできる、美しい、彩りに満ちた世界。

これもまた、茨姫の血の力のおかげである。

「いったい何用だ。文句を言うためだけに来たのか」

それなのにオレときたら、茨姫に対しいつもどこかそっけなく、妙にトゲトゲしい態度を取ってしまうのだった。

「最近はあまり私に話しかけてくれないから、少しからかってみただけよ～。昔はあんなに私に勝負を申し込んで来たのに。倒れても倒れても、向かって来たじゃない。それが可愛くて可愛くて～」

「…………」

「なによ、最近すっかり大人びちゃって。私に興味を無くしすぎよ。寂しいのよ～。でも～……子どもってそうやって、親離れしていくのかしら」

茨姫は、うだうだ文句言いながら、酒を呷る。

オレのことを、この人は今も、息子か弟のように思っているのだろう。

体が大きくなったとして、オレを、一人前の男として見ることはない。

茨姫はひょうたんを傾け、オレの盃に酒を注ごうとする。だがオレはそれを避けた。そして彼女の手首を握る。

「いらない。酒より……あなたの血が欲しい」

少しばかり近い場所で、意味ありげに囁いた。

だが茨姫は微塵も動じることなく、

「いいわよ！」

と言って、自分の指を嚙んでオレの盃に血をポタポタ垂らす。

何と、色気もなく味気ない……

「さ、たんとお飲みなさい」

「………」

まるで我が子に大盛り飯を振る舞う母親だ。

言われるまでもなくオレはそれをグイッと一気飲みした。

悔しいが、どんな美酒よりこれが美味い。

「……私ね、お前を眷属にした時に、決めていたことがあるの」

茨姫が、血を飲むオレをじっと見つめながら、微笑んでいる。

「何を決めていたんだ」

「いつか、自由にしてあげなくちゃって。リンは、まだ若いもの」

盃を口に運ぶ手が、思わず止まった。

茨姫がこのように言うということは、彼女はオレに、永遠に側にいて欲しいとは思っていないということだ。

その事実が、オレの胸を冷やす。

「お前は罪を犯したわけではないし、やりたいことも、行きたい場所もあるでしょう？

前に水連が話していた異国の話を、やたらと熱心に聞いていたじゃない。いつも、何事にも無関心に見えるのに」

ふっと、オレは鼻で笑った。

「あなたはオレに自分の血の味を覚えさせておきながら、今更、遠ざけようというのか？　それはまた、鬼らしい冷徹で鬼畜なご配慮だ」

「……リン」

妙な苛立ちのせいで、思わぬことを口にする。

茨姫は驚いた顔をしていたが「そうよね、ごめんなさい」とだけ言って、悲しそうに微笑んだ。

茨姫は多分、最初からわかっていたのだろう。

オレを眷属にして、血を与え続ければ、オレが自分から離れられなくなると。

依存してしまうと。

だからあの時も、彼女はごめんと言ったんだ。

——違う。少なくともオレは違う。

本当は、ただただ、あなたの側に居たかっただけだ。

オレは永遠に、茨姫を守る剣でありたい。たとえあなたがそれを望んでいなくても。

「おーい、リン！　お前もこっちに来い。いつも隅っこでスカしやがって」

「そういうお年頃なんじゃ凛音は。わしらなんてきっと、いい歳こいて煩いおっさんくらいに思われてるんじゃろうなあ」

「ま、その通りなんだけどねえ～。ぎゃははははは」

こっちの葛藤も知らないで。

酔った酒呑童子と、虎童子師匠と、水連の馬鹿が、偉そうにオレを呼びつけては、ギャーギャー笑っている。

ワイワイと騒ぎ立て、賑やかに酒を飲み交わす連中を、確かに鬱陶しく思っていた。

だがオレは、大江山の狭間の国も、こういう宴会も、別に嫌いな訳じゃない。

出ていきたいとは、これっぽっちも思わない。

「さ、行きましょ、リン」

「あとで行く。あなたに連れて行かれるまでもない。もう子どもじゃないんだ」

茨姫がオレを引っ張って行こうとするので、オレはそれを振り払った。

茨姫は苦笑して、でかいひょうたんを抱えて日向へと出て行く。

「……はあ」

オレは小さくため息をついた。

苛立っているのは彼女に、じゃない。オレ自身に、だ。

心にもないことを言って、茨姫に悲しい顔をさせてしまう。

昔から、オレは全然変わらない。子どもじゃないと言いながら、全然変わらないじゃないか。クソッ。

「おい、凛音」

そんな時、藤の木をぬって黒いカラスがオレの側に止まる。八咫烏の深影だ。

こいつがオレのそばに来るのは珍しいな。

「凛音、お前は茨姫様が好きなのか？」

問う深影は、黄金の瞳をまっすぐにオレに向けていた。

純粋で無垢（むく）な視線。

だがオレは、きっと強張（こわば）った顔をしていただろう。

「………は？」

何を言ってるんだ、こいつは。

オレは思わず、この年上の弟眷属を得体の知れないもののように睨（にら）んだ。

深影は何の間違いも無いというような顔をして、

「すまない凛音。不用意に心を覗かないようにしていたが、木の上からお前を見ていたら伝わってきたんだ。僕も茨姫様が好きだとも。だけど……茨姫様が愛しておられるのは、酒呑童子様だぞ」

この国では誰もが知るような常識を宣う。

しかしその言葉に、わかりやすい程、静かに心が乱された自分がいる。

深影の言葉を強く否定することだって出来たはずなのに、それすら出来ないほどだった。

「…………」

心を読まれた。心を読まれたのだ。

なるほど、とすら思ってしまった。

それは、自分で自分を誤魔化し続け、見ないふりをしていた本心だ。

この無慈悲なまでに複雑で、どうしようもない感情の正体を、八咫烏の深影に言い当てられた。そして自分自身、気がついてしまった。

茨姫に与え続けられた血の分だけ。

優しさと愛情の分だけ、オレはその想いを、蓄え続けてしまったのだということに。

だが、その感情の恐ろしさを、オレはまだ知らない。

あやかしの、報われない〝恋心〟ほど、厄介なものなどありはしないのだから。

それは、永遠に忘れられない、呪いにも似た感情だというのに。

第五話　時巡り・凜音　―大江山吸血鬼絵巻（下）―

「ミクズと申します。皆さまどうぞお見知りおきを」

九尾の狐のミクズ。

都で源頼光に処刑されそうだったところを、酒呑童子率いる大江山の大妖怪たちによって助け出された。

この女が大江山にやってきた時、オレは、嫌な予感が少ししていた。

一見、虫も殺さぬような美しい笑みを浮かべているが、腹の底では何を考えているのかさっぱりわからない、正真正銘の女狐。

あの深影ですら、あの女の心が読めないなどということを呟いていたのだから。

それにこの女からは、幾万という数の、血の匂いがする……

だが酒呑童子がこの女を疑うことはなく、ミクズの額に宿る殺生石の力を重視し、大江山の幹部に迎え入れた。

茨木童子も、虎熊姉弟も、いくしま童子も、木羅々も深影も、この女をいつものように大江山に受け入れ、狭間の国の仲間として扱った。

どのようなあやかしでも、行き場のない者ならば受け入れる。

それが、大江山のあやかしたちの信条であり、誇りだったからだ。

唯一、水連だけが、オレと同じ違和感をこの女から感じ取っていたのかもしれない。

あいつは表向きニコニコしながらも、ミクズをどこか、警戒しているように見えるのだった。

だからと言って、あの女を疑ったり、追い出すような真似はできなかった。

結局、あやかしなら誰だって、事情があったり言えない過去があったり、または心に闇を抱いているものだ。

それを、王と女王の絶対的な力で抑え込み、纏め上げていたのが狭間の国。

何があろうとも、この二人がいればどうにかしてくれる。何とかなる。

そういう驕りが、オレたちにもあったのだ。

そのせいで、大事な国が。

大事な仲間が。

愛した人の愛した人が、居なくなるなんて思ってなかった。

そんなことは望んでいなかった。

あの人が、あんなに優しかった茨姫が、悪妖にまで、堕ちてしまうなんて。

「ここからは先は、私の戦いだ。お前たちは決して追いかけてはならない」

＊

そして源頼光率いる朝廷の軍勢により、大江山が陥落してからのこと。

茨姫は悪妖に身を落とし、あの者たちへの復讐を誓った。

オレたち眷属との契約を、絆を、無理やり断ち切ってまで。

亡き夫・酒呑童子の刀を手に、死んでいった者たちの仇を討つためだけに、彼女は生きていた。

深影は木羅々の苗木を持って空の彼方に消えた。あのような姿になった茨姫を、見ていられなくなったのだろう。

オレと水連だけは、茨姫のもとを離れることができずに、彼女の行く先々に付いていき、仇討ちを手助けした。

ミクズの裏切り。

源頼光およびその四天王。

そして、黒幕とされる安倍晴明。

一人ずつ殺した。

悪妖と化した茨姫が、憎しみだけを糧に、一人ずつ、一人ずつ殺した。

オレたちはそれを陰から見守り、時に共に戦った。

茨姫が右腕を失った時も、水連が彼女の手当てをしている最中、隙をついて迫る脅威をオレが払った。

だけど茨姫が、オレたちを再び眷属にすることはなかったし、彼女が何かを命じたこともなかった。

これはただ、オレと水連がそれぞれ、一方的に尽くしたかっただけに過ぎない。

オレとあいつが、なぜそこまで茨姫に固執したのか。

そこにあったのは眷属としての忠誠心だけではなく、彼女に抱いた、抱き続けた恋心。

あやかしの恋心の恐ろしさを、茨姫からも、オレ自身からも感じ取る。

浮ついたくだらない感情だなんて、オレは思わない。

この感情こそが、あやかしにとって最大の、あやかしらしい力の根源であるのだ。


復讐が終わっても、茨姫の戦いは終わらなかった。

ミクズがまだ生きている。

あの女はその尻尾の数だけ、蘇生できる恐るべき能力を持っていた。

茨姫が見つけ出し殺しても、また生まれ変わってしまうのだ。

そしてある時、ミクズが酒呑童子の首を捜しているという噂を耳にする。

酒呑童子の首――

それを手に入れたものは、現世のあやかしを統べ、この世すら支配するだろう。

そのような噂話が流れたせいで、大妖怪たちがこぞってそれを欲しがったのだ。

茨姫はそれが許せなかった。酒呑童子の首が、天下を統べるための道具のように扱われるのが、我慢ならなかったのだ。

酒呑童子の、首のない亡骸。

その光景が、いまもまだその瞳にこびりついている。

愛。あの男への、愛ゆえに。

茨姫は愛に狂い、愛に溺れ、愛のためにその身を酷使し、戦い続ける。

酒呑童子の首を求め、ミクズやその手下と鉢合わせ、その他にも多くの大妖怪との戦いが、数えきれないほどあったのだ。

彼女の戦いは、それからがとても長かった。

平安の世が終わり、戦乱の世に至った時のこと。

この時代の敵は、酒呑童子の首を欲しがった織田信長であった。

あの男はあやかしの存在を知っており、この世のあやかしを全て葬ろうと計画していた。

しかし、本能寺の変にて人としての死を経た後、この男自身が〝第六天魔王〟と呼ばれるあやかしに成り果てて、茨姫様の脅威となった。

戦乱の世が終わっても、戦いは終わらない。

次の敵は、江戸幕府が秘密裏に従えていた、大ガシャドクロであった。

江戸幕府は陰陽寮の陰陽師たちとともに、降霊の研究をしていたそうだ。

その過程で、蘆屋道満という偉大な陰陽師の霊を降ろし、とある計画を遂行しようとした。それこそ、酒呑童子の首を使い、かの魂を弄ぶような、計画を。

そういう計画があるということは、酒呑童子の首が幕府によって隠されているということの裏付けでもあった。

茨姫は首を求め、その計画を潰すため、今度は幕府を相手に戦った。オレたちも参戦した。

この戦いで、茨姫は肉体の寿命を大きく削ったに違いない。彼女はもう、自分の終わりを意識していた。しかしこの時、首の在り処の〝嘘〟の情報を掴まされたせいで、茨姫はまた、亡き夫の首の奪還に失敗する。

そして、幕末を経て、明治――

茨姫の肉体は、もう限界を超えていた。

これだけ捜しても見つからない、酒呑童子の首の在り処。

彼女が最後に賭けて、辿り着いた場所。

それこそが、当時日本でも有数の大都会であった〝浅草〟だった。


浅草。雷門前にて。


「茨姫……」

茨姫は、陰陽寮最後の陰陽師である土御門晴雄と戦って、負けた。

あの方は今、業火に身を包まれ焼かれている。

あのままでは、あのままでは茨姫が……っ。

「茨姫！」

反射的に駆け寄ろうとした。

あの炎から彼女を助け出す力など、オレには無かったというのに。

「ダメだ、リン君」

しかし、同じ場所で茨姫の最後の戦いを見守っていた水連によって、オレは止められる。

「あれが、大魔縁（だいまえん）と呼ばれるまでに堕ちた、あの方の最期だ」

抑揚のない、声。

だが奴もまた、悔やんでも悔やんでも悔やみきれないような表情で、炎に包まれた最愛の鬼を前に、耐え続けていた。飛び出したいのを耐えて、体を震わせていた。

ありえない。

ありえない、ありえない。

あんなに優しく、美しかった茨姫の最期が、このような残酷な終わり方だというのか。

なぜだ。鬼だからか。

あやかしだったからか。

悪妖に堕ちてしまったからか。

だが堕としたのは人間どもじゃないか。

茨姫はただ、酒呑童子を愛していただけだ。

人間たちが持っていった酒呑童子の首を取り返そうとしていただけだ。

それなのに、追い求めた酒呑童子の首も見つからず、安倍晴明の生まれ変わりであるあの男に敗れ、体を焼かれて死ぬなんて。

あの方の人生が、絶望と苦痛にまみれて終わるだなんて。

許せない。許せない。オレの茨姫が燃えている。

あの方の断末魔が聞こえる。

絶望したことは何度もあったが、それをはるかに上回る悲しみがオレを襲う。

だけどその中で、一抹の安堵もある。

やっと、終わるのだ。茨姫の長い長い、復讐の旅路が。

もう体は限界だった。辛そうで、痛そうで、見ていられなかった。

やがて、灰が舞う。

茨姫だった何かが、散り散りになって舞う。

雪のように降り積もる。

燃え果てて、灰になってまで一人の男を愛し抜いた茨姫を、オレはとてつもなく美しいと思っていた。

悲しく美しい、愚かな人だったと。

「安心しろ、茨姫。先の時代で必ず会える。もう一度、必ず」

土御門晴雄が、致命傷を負いながらも、足を引きずって炎の方へと歩み寄る。

あの男にしては、感傷的な声で、言うのだ。

「あの男に、俺が会わせてやる。絶対に……っ」

その言葉は、死にゆく茨姫に、届いたのだろうか。

遠くで見ていたオレもまた、敵の男の言葉に、一筋の光を見る。

ありえないと分かっていても、もし、本当にいつか、あなたがもう一度この世に現れたのなら。

生まれ変わる以外に、あなたを救う手立てが無いと言うのなら。

今度こそ幸せになってほしい。

そのためなら、オレは何だってするのに。オレは……

＊

それからのオレは、生きる意味を失った亡者のようだった。

水連は浅草に留(とど)まり、彼女を供養し続けると言ったが、オレにはこの土地に居続ける勇気は無かった。そんなことは、辛すぎて出来なかった。

水連は凄(すご)い。

あいつの想いは、あの捻(ひね)くれた性格とは裏腹に、とても純粋なものだ。

あいつはそれを〝償い〟と言ったが、オレにはただの、純粋な愛情にしか思えなかった。

生き残ってしまったオレには、何ができるというのだろう。

どこに行けばいいのだろう。

茨姫が居なくなったこの世界で、オレという存在に、何の意味があると。

「……異国の地」

ふと、かつて茨姫と交わした、ある話を思い出す。

オレが異国に興味を持っているのではないかと、茨姫は言った。

あの時は、多少興味を抱いていても、そこへ行くつもりなど毛頭なく、そもそも行く手段も無いに等しかった。

だが、平安時代から約千年。

日本を出て、海外へ行く手段は、多く開発されていた。

特に西洋諸国には、オレと同じ吸血の鬼が居ると聞いたことがあった。

ならば、もうこの国を出よう。

オレが抱いたあらゆる疑問の〝答え〟を探しに。

茨姫ですら行けなかった場所に行き、あの方の見たことのないものを見て、知識を深め、世界の広さを知って、答えを見出す。

そして、あらゆる可能性を切り開き、力を手に入れる。

いつか、あの方が再びこの世に現れた時に、生き残ったオレが使いものになるように。

世界は広い。

わかっていたことだが、話に聞くのと、実際にその地へ降り立ちこの目で確かめるのとでは、訳が違う。

巨大な船に乗り、19世紀の英国ロンドンへと赴いたオレは、そのことを十二分に思い知らされた。

日本とはまるで違う空気がそこにある。

初めて見る建造物や、独特の文化が根付いており、産業や工業の技術は日本とは比べものにならないほど発展している。また、日本と違って髪色や目の色は多種多様。また礼儀作法や服装すら、かなり独特だった。

オレはできるだけこの地に馴染(なじ)むよう努力した。

言葉や文字を覚え、見た目も英国の人間らしくして、角を隠してしばらくこの地の人間と同じように暮らした。

ちなみにその時、角につけていた茨姫の眷属(けんぞく)の証(あかし)である鈴を、刀の柄(つか)につけることにした。茨姫を忘れた訳ではないが、ひとときの決別の意味を込めて。

まず、ロンドンを拠点にオレがしたことと言えば、働いて活動資金を作ることだった。

人間から金を奪うのは簡単だが、それは身を滅ぼすのでやらなかった。

人間を殺すべからず。人間から奪うべからず。

これは大江山の信条でもあった。どれほど奴らが憎くても、この世界は結局人間の支配下にあり、奴らを害することがあれば、何倍ものしっぺ返しがくると分かっていた。

仕事は色々やってみた。

製鉄工場や紡績工場での日雇い労働、葡萄園での住み込み労働、ホテルのベルボーイ、タクシーの運転手……

産業革命に伴い仕事は多く、どれもこれもそれなりにやりこなしたが、稼ぎなんていうのはちっぽけで。

しかし新聞社に勤めていた時は、多くの人間の情報と、人間以外の情報を得ることができ、都合が良かった。

何より、ヴァンパイア——吸血鬼について調べることができた。

日本の吸血鬼はきっとオレが最後の一人だったが、西洋にはあらゆる種族に分離した吸血鬼が多数存在しており、一般的によく知られるモンスターの類だった。

英国における、日本の鬼と同じようなもの。

こちらの吸血鬼にはオレと同じ特徴もあったが、オレにはない特徴や弱点も多くあるようだった。

まず、西洋の吸血鬼は〝太陽の光〟が天敵である。

これはかつてのオレと同じで、おそらく世界中の吸血鬼に共通する弱点と言えるだろう。

しかし、こちらの吸血鬼には、角はない。

なぜならこちらの吸血鬼は、ほとんどが屍人の蘇りであるからだ。

要するに、元々は人間で、一度死んでいる。

オレに角があるのは、日本古来の純血種であるからだ。吸血鬼の親から生まれ、日本の鬼の要素を含んでいる。

それと、西洋の吸血鬼は十字架が苦手だったり、ニンニクが苦手だったり、銀の弾丸を撃たれると死ぬとか、心臓に杭を打ったら死ぬとか言われていた。屍人であることが関係するのか、こちらの宗教的な事情や産物に弱いそうだ。

あと、西洋の吸血鬼は棺で寝る。

これもまた、一度棺に入れられ、埋葬されていることに由来した習慣だろう。

こちらの国でも退魔師のようにそれらを滅する存在がいて、奴らは〝異端審問官〟と呼ばれていた。奴らにとって吸血鬼は、最大の敵だった。

また吸血鬼にとっても、異端審問官や、教会の神父の類が、脅威だった。

このように吸血鬼の情報を探る中で、西洋の多くの異端――いわゆる人外生物、伝説の生物、幻獣、魔獣など、モンスターの類と、オレは出会う。

こちらでは、あやかしや妖怪などという言い方はあまりしない。

しかし本質的には似通ったもの。そう言った存在は、古い時代より〝魔女狩り〟や〝異端審問〟で淘汰され続け、今やほとんど絶滅に近い状況であった。

日本も似たような状況にある。平安時代より、明らかにあやかしの数が減ったと思っていた。

織田信長公の時代にかなり淘汰されたというのもあるが、そもそもあやかしが見える人間の数も、随分と減った。

それはそうと、ここ異国の地でも、かろうじて生き残った人外たちはいる。

生き残りは人間たちに見つかることを恐れ、あちこちに〝シェルター〟と呼ばれる隠れ家を作り、密かに暮らしていた。

シェルターに利用するのは、森奥の古城だったり、島の廃墟だったり、街中の寂れた劇場だったりした。サーカスの一団として、旅をしながら逃げている連中もいた。

オレはそれぞれのシェルターを調べ、訪ねて回って、物資や情報の提供、時に用心棒のようなことをしながら、西洋のあやかしたちと繋がりを作っていった。

シェルターには、魔女狩りを逃れた老女や、狼男の少年、エルフの少女や、こびとの一家なんかがいたが、吸血鬼を見ることはほとんど無かった。

吸血鬼は自らの種族こそ崇高と思っており、吸血鬼だけの同盟を作って生き残っているのだと、魔女・アリスキテラに聞いた。

その吸血鬼の組織こそ〝赤の兄弟〟だと。

「イヒヒッ。吸血鬼は見目麗しくズル賢い。そして金を集めるのが得意だ。奴らの徒党が五百年かけて作った世界の情報網は見事で、夜の世界で、人間すら操って生きている。特に権威のある吸血鬼を見つけるのは容易ではないぞ。そして一度同盟に与すれば、奴らの〝目〟から逃れることは、困難だ。イヒヒッ、ヒヒヒッ――」

アリスキテラは凄腕の魔女で、自然界の妖精たちと契約をし、空を飛び、様々な魔法薬を作ることができた。

一方で、吸血鬼が苦手で、大嫌いのようだった。

オレもまた吸血鬼であるため、最初こそ苦労したが、アリスキテラの頼みごとをいくつか聞いてやっているうちに、オレにだけはそこそこ手を貸してくれるようになる。

アリスキテラには忠告されたが、オレは〝赤の兄弟〟に接触を図った。

奴らは痕跡すら残さないため、接触は困難を極めたが、オレは意外なところで奴らと繋がることになる。

それは、オレが人間の顔でやっていた、とある事業のおかげであった。

ワイン――

吸血鬼にとって、血の代用品と言われる、葡萄酒のことだ。

オレはこれがとても気に入り、吸血鬼の味覚と、新聞社に勤めていた頃の情報、葡萄園で働いていた頃のコネを使って、イギリス南部で葡萄園を開き、ワイン醸造に精を出していた。結果的に成功を収め、莫大(ばくだい)な富を得たのだ。

我ながら美味(うま)いワインを作ったと思う。

血の代用となる、質の高い葡萄酒を作ることができればそれで良かったし、金がありすぎても使いきれない。なので、稼ぎの大半はシェルターに寄付した。

また、想定外なことに、このワインがイギリス王室御用達となり、オレは当時のヴィクトリア女王より〝ナイト〟の称号を賜る。

まあそんな人としての功績はどうでも良く、このワインが吸血鬼たちの間でも、密かに流行(はや)ったのである。

吸血鬼受けのいいワインを作ることができたのは、ひとえにオレもまた、吸血鬼だったからだろう。

ワインからオレの存在に気がついた吸血鬼たちが、ある土曜の夜、オレにコンタクトを取り、赤の兄弟の集会へと招いた。

それは、とある古城で開かれた舞踏会。

彼らは夜会と呼んでいた。

貴族風情の吸血鬼たちが血を酌み交わし、舞い踊る。そこで出会ったのは、赤の兄弟を率いるカリスマ的な二人の吸血鬼だ。

第一権威は、男の吸血鬼ドラキュラ公。

第二権威は、女の吸血鬼バートリ・エルジェーベト。

まるで、かつての大江山のように、男が一人と、女が一人。

どちらも西洋では有名すぎるほどの逸話を持ち、歴史的には死んだとされている偉大な吸血鬼。二人は決して夫婦ではなかったが、時にそう振る舞うこともあった。

そして二人は、オレのワインを褒め称え、オレ自身をいたく気に入り、赤の兄弟に迎え入れると言ったのだ。

オレは赤の兄弟に与することで、内側から彼らに干渉する。

吸血鬼たちは、とにかく同族に甘く優しい。たとえ異国の吸血鬼であっても。

しかし人間が相手となると、たちまち残酷になる化け物だ。そして、残酷の度合いが、他のあやかしとは比較にならないほどである。

中世の異端審問の歴史を知り、吸血鬼が受けた仕打ちを思えば、人間を憎む気持ちはわからなくもない。オレだって、今でも人間は嫌いだ。

しかし、生きるために血を吸うだけでなく、ただ楽しむためだけに人をいたぶり殺す様は、見ていて気分の良いものではない。夜会の度に、人間の拷問を、まるでショーか何かのように見せつけられた。

酒呑童子と茨木童子とは、似ても似つかない。

あの二人とは、信念も違い、真逆の性質を持っている。

そんな主に仕えるなど虫酸が走ったが、それでも赤の兄弟は裏社会と深く繋がっており、情報を得るにしても、人間の脅威から逃れるにしても、役に立つ組織だった。

そして彼らは、太陽を克服する方法を、長年探していた。

オレは彼らに、太陽の光が効かない吸血鬼だと言った。それは生まれつきなのだと。

彼らはそんなオレを特別視して、更に良い待遇に置いてくれた。

――さて。

夜は赤の兄弟に与し、昼は人としての顔を持ちつつ、シェルターに保護されるべき人外たちを助けているうちに、時代はいよいよ世界大戦に突入する。

西洋諸国も、遠い日本も、戦火に巻き込まれ混沌としていた。

人間たちは愚かだ。

同じ人間同士でも、人種や宗教、歴史において様々なしがらみを持ち、残酷に殺し合い、取り返しのつかないような兵器を生み出し、何もかもを破壊する。

反省したと思ったら、また何か争っている生き物だ。

こんな連中が、遥かに別種であるオレたちを受け入れられるはずもない。

結局、人間たちが支配するこの世界において、オレたち化け物の類は隠れてこそこそ暮らす他に、生き伸びる手段はないということがよく分かった。

奴らに、理解してもらおう、分かってもらおうなんて思わない方がいい。

酒呑童子。茨姫。

あなたたちが見たことのないような地獄を、最悪の時代を、オレは生きているぞ。


戦争の時代が終わり、現代に至る。

ある古城の夜会にて、ドラキュラ公が吸血鬼たちの注目を集めて、こう言い放った。

「同胞よ、よく聞きたまえ。我々は遂に悲願を達成する！」


吸血鬼たちは驚きの声を上げ、目を剝く。

オレはなぜか、少し、嫌な予感がしていた。

「日本の浅草に住む、とある少女の血に、その力があるという情報を得た。その少女の名は茨木真紀。かの国の、茨木童子という鬼の生まれ変わりらしい」

――茨木童子。

その話に、オレは言葉を失った。

茨木真紀？　茨木童子の生まれ変わり？

あの方が、この世に再び現れたと言うのか。

「あら凛音。顔色が悪いけれど、どーしたのお？」

隣にいたバートリ夫人が、目ざとくオレの動揺を見抜く。

「いえ。それは日本で、とても有名な鬼ですので」

「おっほほほほほ。そー言えばお前、東の島国の吸血鬼だったわねえ。すーっかり忘れていたわ！」

バートリ夫人は、派手な扇で顔を煽ぎながら、甲高い声で笑っていた。

オレはここの連中に、茨木童子の眷属であったことは告げていない。

大丈夫、まだ気がつかれていない。

だが、それも時間の問題だ。この者たちの情報網を甘く見てはいけない。

吸血鬼が、茨木童子の生まれ変わりだという娘の血を狙っている。

日本という国をターゲットにしたのであれば、そのうちにオレが、茨木童子の眷属であったことなど、バレてしまうだろう。

一刻の猶予もない。

茨姫の生まれ変わりだという少女に、この危険を知らせなければ……っ！

しかし、すぐさま日本に帰ったオレは、大きな失望を抱くことになる。

かつて茨木童子だった少女は、本当に普通の人間の娘になっていて、しかも隣には、あの酒呑童子の生まれ変わりである男がいたのだ。

二人は前世の悲劇などどうでもいいと言うように、学生の生活を謳歌していた。

酒呑童子の生まれ変わりである天酒馨なんて、茨姫が悪妖に堕ちたことすら、知らずにいた。

酒呑童子が死んだ後の、彼女の、長い戦いを一つも知らない。

浅草で死んだことも知らずに、のうのうとそこで暮らしている。

茨姫の生まれ変わりである茨木真紀も、真実を天酒馨に告げていないようだった。

悪妖として戦い続けた時代など無かったとでも言うように、笑顔で嘘を吐き、偽りの幸せに浸っている。

……ふざけるな、ふざけるな、ふざけるな！

オレは覚えている。

千年前から今に至るまでずっと、オレの記憶は一続きで、過去を簡単に切り捨てられるほど器用じゃない。全てをリセットすることなどできない！

思い出せ。思い知れ。

この時代も、決して平穏ではないことを知れ。

危機感を抱いてくれ。戦ってくれ。

平和ボケなどごめんだ。このままでは、前世の二の舞になってしまう……っ。


だからオレは、計画した。鎌倉に潜んでいた深影の瞳を片方奪ってまで、あの二人に仕掛けたんだ。

あらゆる敵が動く前に、その脅威を知らせるために。

眠れる鬼を、起こすために――

○

真夜中に目覚め、ハッとして起き上がる。

「…………」

長い夢を見ていた。

長い、長い、茨姫との出会いと、別れ。

茨姫がこの世からいなくなった後の、夢。

「バ〜ク〜」

枕元で、あやかしの獏が丸まっていた。

オレが目覚めたことに気がつくと、その小さな目を潤ませて、頬に擦り寄る。

いつの間にか、すっかりオレに懐いてしまった。こいつの長い鼻先を撫でてやると、いつも少し嬉しそうにする。

「お前が……オレに見せたのか？」

「バクバク」

貘は夢を食う妖怪だが、時々こうやって、夢を返すことがある。

やけにリアルで、鮮明な夢。オレはいつもこいつに、自身の夢を食わせていたから。寝ている時くらいは、過去のことなど忘れていたかったから。

だが、今ばかりは、過去から逃げるなということか。

「――はあ」

心の内側を、暴き立てられたような心地だ。

呼吸を整え、一度目を瞑り、ゆっくりと開ける。

周囲を見渡した。

ここは現実。オレは客間のベッドで寝ているようだ。

茨姫の居場所を嗅ぎつけて動く吸血鬼たちとの戦いで、傷を負った。

この場所も、そのうちあいつらに嗅ぎつけられるだろう。きっと戦場になる。

その前に、また茨姫を移動させなければならない……

もうすっかり怪我は手当てされており、茨姫の血を飲まされたのか気分がすこぶる良い。

当の茨姫は、ベッドの脇に顔を埋めて、くうくうと寝ていた。

どうやらオレの看病をしてくれていたらしい。あの頃と同じように。

「茨姫」

そっと、その髪に触れる。

あの頃の鮮やかな赤毛ではないし、見た目も普通の人間の少女であるが、あなたはやはり、千年前の茨姫の生まれ変わりだ。

最初から分かりきっていたことなのに、オレは、あなたを試し続けた。

本当にそうであったならと思う一方で、そんなはずはないと思う自分もいた。

そうでなければいいのに、とさえ思う自分もいた。

あなたの死を百年かけて受け入れたのに、この世にもう一度あなたが現れてしまったならば、オレはまた、あなたを失う恐怖に耐えなければならないからだ。

しかも、今度は、人間だという。

寿命が短く、脆く儚い。

あの頃よりずっと、簡単に、居なくなってしまう。

だがあやかしの性とは無情で、あなたを憎らしく思う一方で、人の娘として生まれたあなたに、酷く、心を乱された。

生き急ぐように命を燃やし、輝きを増すその姿に、かつての茨姫の面影と、現世のあなたの美しさを見出した。


「茨姫。オレは、あなたを……」


もう一度、あなたがこの世に生まれ変わったというのなら。

今度こそ、守りきってみせよう。

あなたが、もう二度と絶望と悲痛と闇の底に落ちてしまわぬように。

業火に燃やされてしまわぬように。

オレなんてどうなったっていい。どう思われたっていい。

オレの想いが報われる必要なんて、ひとカケラもない。

ただ、死にゆく意味が欲しい。

多分次は、あなたを失う悲しみに、オレは耐えられないだろう。

第六話　秘密の花園で決闘を

「ん〜」

ふわりと鼻を掠めていく上品な香りに誘われ、私は目を覚ます。

「……あれ、リン。起きたの？」

起き上がり、目を擦る。

ぼやけた視界で、窓辺で佇む人影を見つけた。

カーテンを開けて、透き通った朝日を浴びている凛音だ。

パリッとしたシャツの上から黒いベストを羽織った品のある佇まいで、一人静かに紅茶を飲んでいる。

ついでに私、凛音を寝かしていたはずのベッドで寝かされている。

怪我を負った凛音の手当てをして、無理やり私の血を飲ませて、ベッドの端に突っ伏していたはずなんだけど、何で凛音がピンピンしてて、私がぐーぐー寝てたわけ？

「凛音、おはよう」

凛音は視線だけをこちらに向ける。

「あんた、身体中傷だらけだったわ。古い傷も新しい傷もたくさんある。いったい、何をしでかしたの」

今までいったい、何とどれほど戦ってきたの。

「……オレのことなど、どうでもいいだろう」

だが凛音は、私を突き放すような冷たい口調で、そう答えた。

私はベッドから下り、怯むことなくじっと彼を見据える。

「どうでも良くなんかないわよ。凛音、あんた何をしているの。何をしようとしているの。答えなさい」

凛音は答えない。答える必要などないだろうと言いたげな目をしている。

当然だ。この子は私の元眷属で、今は私の眷属ではない。

言うことを聞く義務はない。

だけど眷属だった頃も、ある時からこういう目を向けることがあった。

大江山で出会い、成長して、ふとしたある瞬間から。

だけど、凛音が私を大事に思っていなかったという訳でもないし、私も眷属である凛音のことを忘れた事などない。心の内側で、今も絆が繋がっているものだと、信じている。

だけど時々、わからなくなる。あなたのやろうとしていること。

目的。策略。純粋な、願い。

「お願いだから、もっと自分を大切になさい、凜音。あんたを見ていると不安になるわ。まるで、何かに急かされているみたいよ。生き急いでいるというか……」

母親みたいなお節介だと思いながらも、私はそう言葉にした。

凜音は「はっ」と鼻で笑う。

「それはあなただ、茨姫」

「何ですって？」

「あなたは生き急いでいる。だがオレは、死に急いでいるだけだ」

「…………」

ヒュッと冷たいものが胸を撫で、一瞬言葉を失った。

彼の言葉に危ういものを感じて、大きな不安を覚えてしまった。

「どうして？　あんた、死にたいの？」

じわじわと、怒りを帯びた悲しい気持ちが込み上げてくる。

まさか凜音に、そのようなことを告げられるとは思わなかった。

「どうしてそんなことを言うの？　私たち、今世でやっと再会できたのよ。仲間がみんな、浅草を中心に集まったのに」

「……あなたは何もわかっていないな」

サイドテーブルにティーカップを置き、凜音は冷ややかに私を睨む。

「あなたは何もわかっていない。オレをこんな体にしておいて、あなたの血の味を覚えさせておいて、生きろと言っておいて」

「………」

「オレを、こんなにまで、狂わせておいて……っ、あっさりと置いていったのは、あなたじゃないか。置いていかれた者の気持ちを、知っていながら」

凛音はツカツカとこちらにやって来て、私を壁際まで追いやる。

壁に片手をつき、私に覆いかぶさるようにして、熱を帯びた眼差しで見下ろしている。

「今世だってそうだ。あなたは、寿命の短く体の脆い人間なんかに生まれ変わって、多くのあやかしに狙われている。それなのに、いつも自ら危険に飛び込もうとする。突拍子がなくて、何をしでかすか分かったものじゃない」

「だけど、凛音」

「オレは気が気じゃないのだ！　あなたが、また先に逝ってしまったら、オレはもう耐えられない……っ」

凛音はグッと眉間に深くシワを刻み、

「前だって、耐えられなかった。忘れられなかった。どこへ行っても、何をしていても！」

壁についていた手をぐっと握りしめ、心の内側を曝けだす。

「だからあなたを閉じ込めた。安全なシェルター、時間の感覚を狂わせる花園、この館(やかた)に」

「……リン」

彼の訴えを、囁(ささや)きを、一つとして取りこぼしてはならないと思った。

あやかしとは人間と違って、大切なことほど、忘れることのできない悲しい生き物だ。

一度愛した者を、忠誠を誓った者を、どこまでも想い、貫く。

凛音は捻(ひね)くれているようで、誰よりまっすぐな子だった。

最初からずっと、まっすぐ。

切れ味の良い、研ぎ澄まされた刃(やいば)のような子。いつもいつも、一直線に私に向かってきたもの。

だからこそ、スイのようにその感情に折り合いをつけるのが上手(うま)くない。

茨姫の死後、凛音がこの国を出たのは、拠(よ)り所が無かったからだ。できるだけ遠くへ行って、可能な限り、私や大江山のことを忘れたかったのだろう。

だけど結局、凛音は酒呑童子(しゅてんどうじ)や茨木童子(いばらきどうじ)の残したもの、信念を忘れられずに、彼らの成し遂げたかった願いを引き継いでしまった。

体と心がどれほど傷つこうとも……

「凛音」

私は凛音を見上げ、その両頰に手を添える。

そして、ビッと頰を引っ張った。この緊張感あるムードの中。

「……何をしている、茨姫」

凛音のイライラを察知。だけど決して、あんたの言葉を茶化しているのではないわ。

「ねえ凛音。私と勝負しましょう」

「なに？」

凛音は眉をピクリと動かし、如何わしげな顔をしている。

私は、私らしい勝気な笑みを浮かべているでしょうね。

「千年前にやっていたような、一本勝負よ。あの時は血を賭けていたけれど、今回は私自身を賭けてあげるわ」

「どういうことだ、茨姫」

「どうもこうも無いわよ。私は私を賭けて、あんたに勝負を挑む。要するに、私が負けたらあんたの眷属になってあげるってことよ。どこに閉じ込めてくれてもいい。いくらでも血を吸ってくれていい。私はあんたの所有物になって、あんたに忠誠を尽くし、あんたの言うことに何でも従うわ！」

ドヤ顔で言ってのける内容ではないけれど。

もともと、凛音は私を眷属にしようとしていた。

私の血が欲しいからと、まるで悪役じみたことを言っていたけれど、実際はただ気が気じゃ無かったのだ。私が勝手な行動をして、ぽっくり死んでしまわないか。

不器用なだけで、私を守ろうとしていただけなのだ。

でもね、凛音。私にだって欲しいものがあるのよ。

「その代わり私が勝ったら、あんたはもう一度私のものになるのよ。分かっているわね？」

声音に重みをのせ、問いかける。

凛音は目を細め、私の真意を探りつつ、

「また、オレを縛ろうと言うのか」

「嫌なら全力で私に勝ってみなさい。私の暴力と束縛から逃げてみなさい。もっとも、あんたが私に勝てた例しなど、無かったけれどね」

「ぬかせ。今のオレを、あの頃の子どもの凛音と思うなよ」

お互いに譲れないものがあって、溜め込んでいた闘志をますます募らせる。

だけど徐々に、口の端を吊り上げる。

遠い遠い、千年もの昔。

刀を握って勝負をしていた頃のことを、きっとお互いに思い出していた。

絵巻物のように色鮮やかな、勝負の記録を。

私と凛音は、さっそく館の庭に出た。芝生の美しい開けた場所だ。

陽光溢れ、花が咲き乱れ、柔らかな風が吹きコマドリの飛び交う、静かなイングリッシュガーデンの傍らで、血みどろの戦いをしようというのだ。

「ちょっと凛音、流石にこれは絵面が良くないわよ」

私はというと、ティータイムの似合うこの庭で刃を重ね合うのは、少々気がひける。

私が暴れたらただじゃすまないでしょうし。

「仕方なかろう。ここしか開放的な場所がない」

凛音はクールな物言いで、私の方に、鞘に収まった刀を一本投げる。

それを抜いて、細く美しい刀身を目の前に掲げた。

「これ。前にシュウ様が、あんたに与えた刀ね……」

幼い凛音が大江山に迷い込んだ、千年前のことだ。見込みがある小僧だと言って、酒呑童子が与えた最初の一刀。

しっかり手入れされてきたのだろう。

今もまだ美しい光を放つ、洗練された大江山の刃。

凛音はもう一本の方で戦うようだ。あれは、凛音が自分の使いやすいように、大江山の刀鍛冶に打たせたものだ。私もよく覚えている。

「いいの？　あんたが一番得意な二刀流でなくて」

「構わない。大勢を千切るわけじゃないのだ。それに」

彼は金色と薄紫色の双眸で、冷たく私を見据え、鞘から愛刀を抜いた。

「オレの方が、あなたより長く生きている」

……そうよね。

凛音は、私が死んでいた間も、手を抜かず自分を鍛え続けたに違いないわ。

気を抜いたらすぐに一本取られそう。もの凄い集中力だ。

「えーっと、では一本勝負のルールを説明します」

「殺さず生かさず。刀を手放した者を負けとするぜ」

控えていたサリタとジータが、分かり易すぎるルールを説明した後、私と凛音がお互いに構えているのを確かめて、

「では、はじ――」

スタートの掛け声を言い終わる前に、私たちの鈍色の刃はすでに交差していた。

高らかな金属のぶつかり合う音。

そして、強く噛み合うような、ギチギチした霊力の音。

お互いの闘志が迸る刀は、ぶつかる度、擦れて流れて、火花が散る。

以前戦った時も思ったが、凜音は私の攻撃をすでにかなり研究している。どんな攻撃も当たり前のようにかわす。

もともとかなり動ける子だった。敵の間合いに居ても、その攻撃をかわせるだけ身軽で、目がいいのだ。

しかしそれだけではない。凜音の剣術は、千年前より遥（はる）か上を行っている。

霊力値で言うと、ずっと私が優（まさ）っており、一撃一撃の重さは私ほどではないが、とにかく軽やかで鋭い。

何より、この時を何度もイメージしてきたかのように、攻撃が見切られている。

それでも、私は負けてやれない。私が私自身を賭けたのは、そのくらいしなければ彼の心の内側に踏み込むことはできないと分かっていたからだ。だけど……

「凜音、楽しいわね！」

「その余裕な面を、今に歪（ゆが）めてやる！」

まるで私たち二人は、秘密の花園でダンスを踊る男女のよう。

お互いに、命を掴（つか）みあっている最中だというのにね。

手に刀を持ち、戯れて、ギラギラした目で見つめ合う。お互いの動き、仕掛けてくる攻撃、そこに含まれた想いのカケラを、決して見逃さぬように。

私と戦っている間だけは、凜音はいつも、とても楽しそうだ。

容赦ない刃の駆け引きの中、お互いの呼吸も感情も霊力も高まりあい、会話をする以上のことが伝わってくる。

凜音は今も、千年前となんら変わらない、まっすぐな子だ。

「⁉」

しかし高ぶると見えなくなるものもある。

私の頬を、冷静さをどこかで保っていた凜音の刀が、今、掠めた。

そしてそのまま、彼の刀がチャキっと向きを変える。首を取らんと、引くように切りつける、迷いのない太刀筋。

この子、まっすぐ、私の命を狙ってる。

「とった！」

凜音は勝ちを確信したようだったが、鎖骨あたりを薄く切っただけで、私はそれを何とか避けきる。

だが白いワンピースが血まみれだ。それもまた、悪くないけどね。

ギリギリ。ギリギリの、やりとり。

ああ……っ、感極まって涙が溢れそうなほど、痛くて楽しいわ。

「痛いか、茨姫」

「そうね、痛いわね。だけど、お前、分かっているのよね？　私に血を流させるということは、私を強くするも同義だ……」

　少し離れた場所で体勢を整えながら、グッと顎を反らし、瞳だけで凛音を捕らえる。

「そうでないと困る。そうでないと」

　凛音は頬に汗を一筋流しながらも、目を細め、刀に伝う私の血を舐めた。

　そしてお互いに、ゆっくりと刀を構え直す。

　正直なことを言うと、剣術に関しては凛音の方がはるか上をいく。近づきすぎると、いつ刀を払い飛ばされてもおかしくない。ならば……

「気を遣うのをやめたわ」

「ほお。それで？」

「ぶっ壊してやる！」

　私はその場で、ドンと足を一歩前に踏み出し、刀を思い切り振り下ろした。

　もうそれだけで、烈風のような霊力波が凛音を襲う。

　結局、有り余った力を解放する方が、私らしい戦い方なのだ。

　飛ばされながら、凛音は刀を地面に突き刺し、体勢を縮こめた。

「チッ、馬鹿力め」

　一撃の衝撃波が過ぎ去るのを耐え、凛音らしい悪態をつく。

　周囲にはいくつもの、芝を這い抉るような亀裂があった。凛音はその直撃を避けたようだが、体のあちこちに、小さく裂いたような傷がある。

「ふふ。言ったでしょ？　こんなに綺麗な場所で戦うのやめましょうって。鬼が闊歩すると、何も残んないのよ」

古い城も。美しいイングリッシュガーデンも。

遠くにある葡萄畑だって。

このまま戦い続けたら全部消し飛んでしまうかもしれない。

だけど凛音は、それすら厭わないとでも言うように、声をあげて笑った。

「ははは。よかろう、世界の何もかもがなくなるまで、やりあおうじゃないか茨姫！」

リン、リン、リリン——

斬り結ぶ度に、凛音の刀の柄に結ばれていた銀の鈴が鳴る。

庭園にあるものは全て利用し、風を薙ぎ、大地を穿ち、相手を追い詰めていく。

やがてただのシンプルな斬り合いになる。

「今度こそオレは、あなたを倒してあなたを越えていく！」

歯を食いしばり、ギラギラとした目で、私だけを見ている凛音。

「もう二度とあんな惨劇は繰り返させない！　あなたを傷つけるのは、オレで最後だ！」

刃を打ち込む。今度こそ私を負かし、屈服させるために。

凛音はおそらく、私を取り巻く多くの情報を握っているのだろう。私を手元に置いて、安全な所に閉じ込めて、嵐が過ぎるのを待たせるつもりだ。

「あんたの考えは正しいわ。そのくらいしないと、私は勝手にあちこちに首を突っ込んで、あちこちで暴れて、あちこちで血まみれになっているでしょうからねえ。あんただけじゃなくて、いろんな人に怒られるわ、最近」

「だったら大人しくオレのもとに下れ。危機感が薄くのうのうとした酒呑童子のために、またあなたが危険な目に遭う。それはもう、確定的な未来だ！」

「……だったらいっそう、負けられないわね」

馨の名前を出したのが、まずかったわね、凛音。

「あんたもイヤってほど知っているでしょうけれど、私はあいつにゾッコンなのよ」

わずかに。

本当にわずかに、凛音の太刀筋に迷いが生じた気がした。

私は凛音の〝揺れ〟を確かに受け止めながら、続ける。

「あんたが私を守ろうとしているのと同じよ。あんたと私は、そうね、似た者同士なのよ」

刃と刃が嚙み合う。

近い場所で目と目を合わせて、私たちは言葉を交わしていた。

「やめろ……やめろ！　そしたらあなたが、また死んでしまう」

凛音の深いところを、探りに行く。私は。

「オレは死んだって構わない！　あなたを守るためなら。あなただって、オレが死んだところで、悲しくはないはずだ！」

「………………」

それが凛音の、死に急ぐ理由か。

ごめんね、凛音。

あなたにそんな顔をさせ、そんな言葉を言わせてしまうまで、追い詰めていたなんて。

「……っ⁉」

私は自分の刀を捨てた。

「舐めないで！　お前が死んだら、私は全力で悲しいわ！」

凛音の動きが鈍った。その隙を見つけて、彼の懐に飛び込み、私は彼の額にグーパンチをぶち込む。

重い重い、想いの一発。

ひと繋がりの、膨大な彼の記憶の中で、かつて、幼い凛音が泣きながら〝死んだほうがマシだ〟と言ったことがあるのを思い出していた。

私は彼の額を……まあこんなに重いのじゃないけれど……指で弾いて痛い思いをさせたっけ。あの時、あの子は泣いてたわ。

――ドボン。

大人になった凜音もまた、私の一撃に耐えられず、背後の蓮の池にドボンと落ちた。

細かな泡に包まれ、揺られながら。

沈みゆく凜音は、水の中で、僅かに安堵の表情であった。

私もまた、泳ぎがあまり得意でないことなど忘れて、迷わず池に飛び込んだ。

どこまで落ちても構わない。

そんな目をしたあの子を、水の中で抱き締める。

ごめんなさい――長い長い、千年の過ちの、懺悔を込めて。

「ぷはっ」

二人で岸に上がり、勢い余って大量に飲んでしまった水をゲホゲホと吐き出し、むせかえっている。

凜音は口元を拭いながら、

「何のつもりだ、茨姫！」

ギラリと私を睨んだ。楽しい戦いを中断され、酷く怒っている。

「ふん。聞き分けがないから、叱ってやったのよ。だけど……」

私は凛音の下まで体を引きずり、そして、彼の頭を抱えて、もう一度抱きしめる。

「ごめんなさい、凛音。ごめんなさい」

本当はもうずっと前から、こんな風に抱きしめてやって、謝るべきだった。

あなたが、あなたのやり方で、私の目の前に現れた時から。

「シュウ様の死後、茨姫が眷属たちにしたことの意味を、私も時々考えるの。どれほど苦しい思いを、寂しい思いを、あなたたちにさせたのかって」

「…………」

「後悔と、絶望を与えてしまって、置いていった。眷属たちに生きろと命じていながら、私自身が一人で死に赴いた。あなたたちのことを本当に思うのであれば、私についてこいと……どこまでも、地獄の果てまでもついてこいと、命じるべきだったのに」

多分、それが凛音の願いだった。

彼が求めていたものは、自由ではなかった。

しばらく、凛音からは何の返答もなかったが、彼はゆっくりと私を押して引き離す。

そして、ニッと嫌味くさい笑みを浮かべる。

「勝負、あったな、茨姫」

「ええ、そうね。私のグーパンがあんたを一発KOに」

「あなたが先に、刀を手放した」

「あ」

　この戦いの、簡単過ぎるルールを、今更ながら思い出した。

　私は自分のやってしまったことと、自らの敗北に、今やっと気がついたのだった。

　ジワーと目を見開き、血の気が引いていく。

「ちょっ、ちょちょちょ、ちょっと待った！　今のは無効よ。事故みたいなもんよ！」

「潔くないぞ、茨姫。あなたともあろう者が」

「だ、だだ、だって！」

　私が両手を振り回して目を回していると、凜音は立ち上がり、私に殴られた時に落とした刀を拾い上げ、鞘に収めた。

「安心しろ。オレはあなたへの要求を改める」

「え？　改める？」

　私がキョトンとしていると、凜音は私の前に立って、しばらく見下ろす。

　そして、落ち着いた声音で告げた。

「再び、オレをあなたの眷属にしてくれ。それで今回は、勘弁してやる」

　驚きの瞳で、私は凜音を見上げていた。

　凜音は大人びた仕草で、私に手を差し伸べる。

　お互いに池の水でびしょびしょだ。その雫が光彩を弾いて、キラキラとこぼれ落ちる。

私は凛音の濡(ぬ)れた手を取り、彼に引かれながら立ち上がった。

凛音はもう、あの頃のような幼い子どもじゃない。

今更ながらそれを、彼の大きく力強い手で意識する。

そう。凛音はもう……子どもじゃないのだ。

「……凛音。一つだけ言っておくことがあるわ。私は、いつか、絶対に死ぬ。あんたより先にね」

彼が再び私の眷属になると言うのなら、問わねばならないことがある。

「私を、もう一度、見送る覚悟はある？」

その問いかけに、凛音は一度目を伏せた。

美しい銀の睫毛(まつげ)に雫を載せたまま、彼は鋭い眼差(まなざ)しで今一度私を見つめ、

「あなたがオレを、もう一度、側に置いてくれると言うのなら」

確かに、頷(うなず)いた。

この子の中で、すでに覚悟はできていたのだろう。

ならば私も応(こた)えなくてはならない。凛音の想いに。願いに。

「わかったわ。ならば、私が死ぬまで、私を愛し続けることを、お前に許可するわ」

凛音が私に向ける感情には、薄々気がついていた。

多分、私は、千年前から。

「だけど私が愛しているのは、生涯にただ一人、馨だけよ」

「……わかっている。オレは一方的にあなたを想い続けるだけだ」

「ええ。でも、凛音が私を愛することを、拒むつもりはないわ。私を愛し続ければいい。守り続ければいい。それがお前の、望みでしょう」

凛音は結局のところ、その〝許されざる許し〟が欲しかったのだ。

正直、どうかと思う。その想いに応えてあげることはできないのに、私を愛し続けろと命じること。だけど……

「千年生きた凛音の長い人生で、あと百年。あと百年、私を愛し続けて。そして満ち足りた幸せな私が、お前を含めた眷属たちに囲まれて死ぬところを、見届けなさい」

「…………」

これはもう、期限のわかりきっている契約だ。茨姫の時とは違う。

だからこそ、この命令をもって凛音の望みを叶え、そして私が満ち足りた幸せを見せつけて死んだ後に、やっとこの子は解放されるのだ。

凛音を救い、解放するには、もうこれ以外に方法がない。

この子を見つけ、千年前に血を与えて眷属にした時から、本当は覚悟しなければならないことだったのだ。

凛音は純粋な眼差しで、しばらく私を見つめていたが、

「……ああ。それでいい。それこそオレの求め続けた〝答え〟だ」

今まで強張っていたものを解し、体の力を抜いたような声で、そう言い切った。

「だがな茨姫。オレを哀れに思わなくていい。オレは、あなたが酒呑童子をあれほど愛し、あのような姿になってまで追い求める姿に、一層、心を奪われたのだ。……その姿を見せつけられたからこそ、狂おしいほど、あなたを愛したのだ」

「…………」

いつの間にか流れていた私の涙に気がつき、凛音はふっと微笑んで、指で拭う。

感極まって、もっとずっと泣いてしまいそうだったけれど、私にはまだやるべきことが残っていた。

「私の下へ戻ってきなさい、凛音。私の眷属として」

ワンピースの肩紐をズラし、凛音の前に首筋を晒す。

凛音は私の腰に腕を回し、ゆっくりと私の首に顔を埋めた。

そして鋭い牙を肌に当て、優しく突き刺す。

チクリと痛みが走って、巡る血がみるみる抜けていく感覚とともに、体の力も抜けていく。

それを凛音が、腰を抱いて、支えてくれていた。

契約の血を飲み干した彼は、聞こえるか聞こえないか程度の掠れた声で、囁いた。

「感謝している、茨姫。千年前からずっと」

「……うん。うん。分かっているわ。今までよく頑張ったわね。……頑張ってくれたのね、リン」

その愛に応えられないからこそ、自分が凛音の立場になった時のことを想像した。

あまりの切なさに、また、涙が溢れた。

第七話　ヴァンパイアの夜会―サバト―

凛音(りんね)との一本勝負の後。

私は少しだけ寝てしまったようだ。

眷属の契約は霊力を食うし、結構な量の血を凛音に与えたからかな。

「……お腹すいた」

そして襲いくる猛烈な空腹感と、容赦ない腹の虫の音で、目を覚ます。

とにかく何か食べたい。自分の寝ていた部屋には誰もいないようで、天蓋(てんがい)付きベッドを降りて部屋を出て、凛音やあの狼少年二人を探す。

「あ、いい匂い～」

鼻をくすぐる美味(おい)しそうな匂いに誘われて、食堂までやってくる。

貴族様が並んで座っていそうな、立派な長テーブルと、連ねられた椅子。

そのテーブルの上に、無造作に新聞が置いてあった。

一番上の新聞に、デカデカと書かれた文字を見て、私は目を大きくさせた。

『都内各地で悲劇　不可解なミイラ事件』

新聞は、私が攫われた先週の土曜日から、約一週間分あった。

それは三社祭の二日目の夜。賑わう浅草界隈でバタバタと人が倒れ、ミイラのような遺体になって約十人もの犠牲者が出たという。原因は不明。

日曜は新宿で六名、月曜は六本木で七名、火曜は東京駅付近で十二名、水曜は、木曜は……と、各地で多くのミイラ化した遺体が、堂々と見つかっている。

被害者にはいずれも体のどこかに傷があり、血液が大量に抜かれた状態で見つかるのが特徴だ。

報道番組でも日夜この事件で持ちきりのようだ。

ネット上でも、吸血鬼の存在を主張する者や、未知の伝染病を疑うもの、大きな厄災の前触れや、世界の終焉を煽るものなど、多くの意見が出ているとか。

警察は猟奇的な大量殺人事件として調べを進めているが、これだけ大規模な事件ながら、解決の糸口が見えていない。

「これって……まさか」

吸血鬼の同盟〝赤の兄弟〟の仕業に違いない。

陰陽局が隠しきれず、人間社会の表側に出てしまっているほどに、吸血鬼たちの捕食活動が派手に繰り返されているということだ。

また、犠牲者の出た付近では、争い合う声や、爆音や銃声、金属のぶつかり合うような音が聞かれている。突風が吹き荒れたり、藤の花が舞い散ったり、水の塊が空から落ちてきたりなどの、不可解な現象の証言も続出しているとか。

馨たちは、眷属たちはどうしているのだろう。奴らとの交戦は、間違いなくあったに違いない。

不可解な現象の証言は、隠遁の術で隠しきれなかった彼らとの交戦の跡だと思う。

「ていうか、ちょっと待って。あれから一週間も経ってるの？　私、ここへ来てまだ二泊三日くらいしか経ってないと思ってたのだけど」

ドクドクと、早鐘を打つ心臓の鼓動。

どういうこと。もしかして私、どこかの段階で寝過ごしたとか？

「言っただろう、外は危険だ、と」

「……凛音」

食堂の奥の、厨房に続く扉が開き、凛音が出てきた。

きっと彼は、私にこの新聞を読ませるために、あえてここに置いていたのだろう。

「これは、どういうこと？　あれからもう、一週間も経っているの？」

「ああ。この狭間は、時間の流れが外界と違う。時間の感覚を狂わせるために作った狭間だからな」

「まさか……〝浦島太郎システム〟ってこと？　よくもまあ、そんな高度な狭間を」

狭間結界において、時間の流れを感覚的に狂わせる仕様を〝浦島太郎システム〟という。

これは文字通り、童話の『浦島太郎』にもとづいた名称で、浦島太郎が龍宮城で過ごした時間と、元の世界で流れていた時間の流れが違うことを意味する。

要するに、この〝葡萄畑の館〟で過ごした時間と、外界で流れた時間の感じに、意図的なズレがあるのだ。

ここは、ただの狭間結界ではない。

時間を操るというのは非常に高度な術を要し、それでいて多くの素材を必要とする。

それこそ、馨以外に扱えるのかわからないレベルの仕組みだ。

凛音がそれを使えるということに驚かされたが、そもそもなぜ、時間の感覚を狂わせる狭間を作ったのか……

疑問は多々あるが、私はまず、吸血鬼の起こした事件について聞いておきたかった。

「吸血鬼が派手に動いているようだけれど、これは赤の兄弟の策略か何かなの？」

「だろうな。先週の土曜の夜に、オレがあなたを連れて失踪した。怒り狂ったバートリ夫人にでも命じられて、吸血鬼たちが各地で暴れているのだろう。茨姫、あなたをおびき寄せるために」

「私を……？」

そういうのを見過ごせない私の性格すら、敵は熟知しているということか。

「吸血鬼たちの夜会とは、古い習わしより必ず〝土曜の夜〟に開かれる。西洋の吸血鬼は、大半が人間の死後、吸血鬼として復活した者ばかりだ。土曜とは、あの者たちにとっての復活を意味する曜日なのだ」

「ちょっと待って。西洋の吸血鬼は死人がなるものなの？　要するに、ゾンビってこと？」

「言ってしまえば、そうだな」

確かに、物語上の吸血鬼って棺桶で寝ているイメージはある。

だけど凛音は屍人が復活した吸血鬼ではないため、どの吸血鬼も、凛音のように同じ種族の親から生まれた存在なのだと思っていた。

「奴らとオレは、根本的に種が違う。西洋の吸血鬼は、死した後、いくつかの条件下で誕生するモンスター……西洋のあやかしだ」

その手の一族として生まれた凛音とは、まるで性質が違うようだ。

しかし、死んだ後にあやかしとして復活する例は、日本にも存在する。

「土曜に意味があるというのは、吸血鬼が誕生する条件の一つが、土曜の夜であるからだ。特に五月の土曜は吸血鬼たちにとって特別で、あの者たちは何が何でも、五月の最後の土曜に、茨姫の血で儀式を行おうと躍起になっているのだ」

「最後の土曜って……もうすぐよね？」

尋ねると、凛音は懐から懐中時計のようなものを取り出し、時間を確認していた。

「そうだな。この狭間結界内においてあと7時間後。現実世界の〝五月の最後の土曜〟の日没がやってくる。敵にとってのラストチャンスだ」

それに合わせて、敵も大掛かりなことを仕掛けてくるだろうと、凛音は続けた。

「凛音……っ、やっぱり私、帰らなくちゃ！　東京があんなことになったのは私のせいよ。私が居なくなったから」

「それはないな。あなたがいたら、吸血鬼たちは是が非でもあなたを捕らえようとしただろうから、被害者はもっと増えただろう。先週の祭りでは、わざわざ結界を越えることなくその周辺で騒ぎを起こしたようだが、茨姫がいたならば、奴らは相当な無茶をしただろう。浅草が戦場と化していた可能性が高い」

「…………」

その言葉から、彼が私を攫った意図を、何となく悟った。

「もしかして、凛音は、私を攫うことで浅草を守ろうとしてくれたの？」

凛音は横目で私を見て、

「あなたが果てた土地だ。汚すわけにはいかない」

そう答えた。

ざわついていた心が、少しばかり落ち着いて、私は冷静さを取り戻す。

「わかった。私、今回ばかりは凛音に従うわ」

吸血鬼たちの思考や行動を、最も理解しているのは凛音だ。

私が今ここを出て暴れるより、彼の計画に乗った方が被害を最低限に食い止め、この状況を打破することが出来るかもしれない。そう思ったのだ。

凛音はフッと笑い、食堂の椅子を引く。

「ならばまず、ここに座って朝食を取れ」

「え、ご飯?」

「腹が減っては、戦など出来ぬ。あなたもちょうど猛烈な空腹に襲われているはずだ」

「…………」

ぐ〜〜。猛烈な腹の虫の音で、そうです、と答えた。

朝食か昼食かもう分からないが、私たちはみんなで揃ってご飯を食べていた。

何と、和食。焼き魚のお膳だ。

分厚いだし巻き卵に、根菜と椎茸の煮しめ、アスパラガスのお浸しに、赤味噌のお味噌汁、かぼちゃの浅漬け、ほかほかの炊きたてご飯も大盛りだ。

「ああ〜素敵。ちょうどこういうのが食べたかったのよね！」

目が爛々と輝く私。

こちらに来てから食べたものと言えば、見えぬものたちが作ってくれた洋食ばかりで、それはそれで美味しいのだけれど、純日本人な私はそろそろお米が食べたくなる。

見えぬものたちには和食が作れないらしく、凛音が自分で厨房に立ち、私のために作ってくれたということだ。

「いただきます！」

まずは焼き魚。とっても分厚い、銀だらの西京焼き。

皮までパリッと、良い焼き色がついていて、見るからに美味しそうだ。

身はふっくらと柔らかく、甘く深みのある味付け。大盛りの白いご飯が進む進む。

「西京焼きってよく聞くけど、いったい何なんだっけ？」

京都出身の大妖怪だが、そこのところがよくわかっていない。

「みりんや酒を混ぜた白味噌で漬け込んだ魚。それを焼いたものだ。銀だらのような脂ののった魚は、西京焼きにすることで脂分が抜け、味に深みが出る」

凛音はそう説明して、自身も食卓につく。

「へええ、そうなんだ。美味しいはずだわ、そんなの！」

ガツガツ食べながら、凛音がこの立派なご飯を作っている様を思い浮かべて、ハッと青ざめる。

こいつもしかしたら、女子高生主婦の私より料理ができるのでは……？

「ねえ。あんたっていつの間に、何でもできる完璧超人になっちゃったの？　そりゃあ、教えれば何でもこなす器用なところはあったけど。あ、でも、大江山に居た頃も、魚をとって焼く係だったわね」

とはいえ、そんなに料理好きって感じではなく、むしろ面倒臭がっていたはず。

かぼちゃの浅漬けをポリポリ齧りながら、ジト目で凛音を見つめる。

「ガンを飛ばされるいわれはないな。そもそもあの時代、まともに料理と呼べるものなど少なかっただろう」

「ま、まあそうだけど」

「生きた時間が長かったというだけのことだ。これだけ長いと、色々と持て余す」

「…………」

凛音はクールだ。クールながら、食事の前に、赤ワインを飲んでいる。

というか、こっちが本命の食事なのかもしれない。

「ねえ、そのワインって凛音がここの葡萄畑で作ったやつ？」

「そうだ。吸血鬼にとっての慰めであり、薬のような代物だが、ワインがあれば血が少々足りなくとも生きていける。特にオレの作るワインは吸血鬼好みで美味い」

ここはちょっと得意げな凜音。

まじまじと、グラスに注がれる赤く美しいワインを見ていたら、未成年はダメだ、などと真面目なことを言われてしまう。

まあいいけど。ワインの美味しさなんて、どうせまだ分からないお年頃だし。

「まあ、日々人間の血を飲まなければ生きていけない吸血鬼も、難儀な生き物だとは思うわ。普段、あんた血はどうしてるの？」

「その手の医療施設と繋がっていて、ほとんどはそこで血を買っている」

「へぇえ。そんな手段があるのね」

凜音は常に貧血気味に見える。

人間から直接血を飲むことは、必要に迫られる以外は、ほとんど無いに違いない。

吸血鬼だけでなく、特定のものを絶対に摂取しなければ生きていけないあやかしは多い。

例えば、目の前に二人並んで座っている人狼の子。

私たちとは違って、分厚いレアなステーキを、夢中になって食べている。

人狼は肉を毎日食べないといけないと、以前、同じ人狼であるルー・ガルーから聞いたことがあるのだ。

サリタもジータも、普段は子どもながら紳士的だ。育ちの良いお坊ちゃんという雰囲気すらある。

しかし肉を食らっている姿はなかなかワイルドで、人狼の子であると思い知らされるばかり。

「人狼に、肉は必要不可欠だ。一番良いのが牛肉で、次点は子羊の肉」

「へえ～。肉は肉でも、種類によって効果が違うのね。そりゃあ和定食より、断然ステーキがいいに決まってるわね」

あやかしの数だけ、身体的な特徴があり、食事にも事情があったりする。

そして私は、吸血鬼にとってまたとないご馳走なのだ。

「それで、凛音。あんたの企みを洗いざらい話してもらうわよ。私を攫ってきて、それではい終わり、じゃないでしょう？　何かしでかすつもりなのよね」

ごちそうさまをして、食後の、葡萄フレーバーの紅茶の香りに一息つきながら、早速凛音を問い詰める。

「当然。赤の兄弟を潰すつもりだ」

凛音はというと、まだ優雅に赤ワインを嗜みつつ、当たり前のように答えた。

「赤の兄弟に与する世界中の吸血鬼が、あなたの血を狙って東京へ集まっている。これは組織を潰すチャンスでもある。奴らを一網打尽にするのだ。そのために、今までずっと計画を練り、立ち回っていたのだからな」

「それ。赤の兄弟を叩き潰すってやつ、全部一人でやろうと思っていたの？」

「……ああ」

凛音の淡白な反応に、私は、長いため息。

そして、食後のデザートである、瑞々しい葡萄のタルトをつつく。生の葡萄と、キラキラした葡萄のジュレが、タルト生地の上にたっぷり飾られている凄いやつ。

「あんたって、何でもすぐに覚えるし要領いいし、料理もケーキも美味しいし、頭も見栄えもいいしで、自慢の眷属ではあるけれど、クールに見えて意外と熱血バカよね～」

「なっ、熱血バカ⁉」

クールな表情を一瞬で崩し、心外だと言いたげな凛音。

食後にゴクゴク葡萄ジュースを飲んでいた二人の人狼が、笑いを堪えきれず吹き出していた。そんな二人を、凛音がギロリと睨む。

「ちょっとあんた、自分の眷属には優しくしてやりなさいよ。笑顔よ笑顔」

プス、と凛音の頬に指を突き刺すと、イラっとしたのか私の手を蚊か何かのように払い落とした。

「無駄話はよせ。時間がない、続けるぞ」

凛音は口元で指を組み、

「先ほども少し話したが、もともとオレは、組織のためにあなたを攫う、という流れで動いていた。自身が最も茨姫に近づきやすいのだと、赤の兄弟にアピールしてまでな」

「えっ、あんた私を売るつもりだったの⁉」

のけぞった私に、凜音は「話を最後まで聞け」と。

「見せかけだけだ。あいつらが先走って、あなたに手出ししないように。こういう時のために、今まであいつらの信頼を積み上げ続けたのだ」

ぐっと、組む指に力が籠っているのがわかる。

「オレはまんまとあいつらを出し抜き、あなたを攫ってここに隠した。次は、奴らを潰す番。特に吸血鬼の二大権威と呼ばれる、ドラキュラ公と、バートリ夫人。あいつらは何が何でもここで斬らねばならない。ミクズと並ぶ、極悪の大妖怪だ……っ」

その吸血鬼二大権威様が、いったいどんな残虐行為をやらかしてきたのかをチラッと聞いてみたら、もう何ていうか、食後だというのに吐き気を催す。

人間を串刺しにして殺したり、乙女を拷問器具で拷問して殺したり……うえっ。

「だけど、そんなに簡単に討ち取れる相手じゃないでしょう？　あんた一人じゃ無茶よ。相手はその二人だけじゃなくて、集まった世界中の吸血鬼なのよ」

「…………」

「もしかしてあんた、命を賭けるつもりだったの？」

凜音は何も答えない。しかしそれが、答えのようなものだ。

「許さないわよ。私の眷属になった以上、あんたを一人で戦わせる訳にはいかない」

私は立ち上がり、テーブルにバンと両手をついて、宣言する。

「私も、共に戦うわ」

「だが……っ、あなたの力を頼ったら、オレが今までしてきたことは、いったい何だったのか」

「何だったかって？　あんたは私の尊厳と、居場所と、大江山のあやかしたちの理想を守ってくれていたのよ。それで……千年前の私たちは、十分報われているわ」

私は食堂の窓辺まで行き、先日見た、凛音の写り込んだ写真のことを思い出していた。

あちこちの国を見て、とても多くのあやかしと出会い、凛音はその者たちを助け出していた。

葡萄園を作ってワインを作っていたのも、異国のあやかしに職を提供する意味合いもあったのだろう。

かつて大江山にあったものを、凛音が受け継いでくれていたのだ。

凛音が繋いでくれたものは、決して無駄じゃない。今にわかるだろう。

「ねえ、凛音」

いつの間にか隣に来ていた凛音に、私は向き直った。

「何より私はとても嬉しいもの。千年よ。千年っていう長い時間を経ているのに、私もあんたも、あの時と同じ誇りを胸に抱いている」

私は凛音に手を差し伸ばす。

「さあ、一緒に戦いましょう」

昼下がりの黄色い陽光に照らされる私を、凛音はしばらく見つめていた。やがて額に手を当てて小さくため息をつく。

「結局オレは、敵わないのだな。あなたに」

そして、私の前に跪くと、

「オレはとうにあなたの騎士だ。全てはあなたの意のままに」

まるで女王に忠誠を誓う騎士のように、私の手をとってキスをした。

と、そんな時だ。

せっかくのムードの中、バタンと騒がしい音を立て、食堂の扉が開いた。

入って来たのは、黒いローブ姿の小さな老魔女、アリスキテラだった。

「イッヒヒヒ。小僧ども！　悠長にしている場合ではないぞ。結界の外に吸血鬼たちが集まりつつある。この場所の入り口はすっかりバレておるようだぞ？」

「う、うそ。吸血鬼って、赤の兄弟の⁉」

敵は、すでに私たちの居場所を突き止めている。

「ふん。来てくれなければ困る。奴らがこの場所を嗅ぎつけられるよう、わざわざ無駄な怪我を負ってまで、案内してやったんだ」

しかしそれは、凛音にとって予定通りで、想定内の出来事のようだった。

まさか、凛音の昨日の大怪我は、吸血鬼たちにこの場所を突き止めさせるため、わざと負ったとでもいうのだろうか。深手を負った凛音がこの狭間へ戻るのを、きっと敵は後を追って、確認したのだろうから。

凛音は懐から懐中時計を取り出して、何かを確認し、

「さあ。客人を、盛大にもてなそう」

密かに笑みを浮かべていたのだった。

狭間結界〝葡萄畑の館〟敷地内は夜。

外界もまた、三社祭から一週間が経った、土曜の夕方である。

まるであらかじめ、そうなるように設定されていたがごとく、この狭間と外界が同時に夜を迎えた。

「始めるぞ」

そして、凛音は自らの刀の柄につけていた鈴を取り、それをチリンチリンと鳴らす。

これは、かつて茨姫が与えた銀の鈴だ。

「茨姫。これを持っていろ。予定通りに」

「……わかったわ」

私はそれを凛音から受け取ると、制服の胸ポケットに入れた。

この鈴の音は、狭間結界内と現世を繋ぐ、いくつかの出入り口の開け閉めができる鍵の役割を持っているらしい。

凛音が狭間の出入り口を、意図的にいくつか開けやすい状況にしたことで、外で待ち伏せていた吸血鬼たちが、様子を見ながら侵入を試みる、という流れだ。

敵はとても慎重だが、焦りが頂点に達したこのタイミングと、この空間が〝夜〟であるということが、吸血鬼たちをおびき寄せる上でとても大事なことだった。

「見て、まるでゾンビよ」

ぞろぞろと葡萄畑の間をぬって、闇夜で目を光らせた吸血鬼たちがこちらの館に向かって来ている。

血に飢えた屍人――私と凛音は二階のルーフバルコニーより、双眼鏡片手に、遠くで蠢くその者たちをしっかり見据えていた。

「全く。ここに吸血鬼を誘き寄せて叩こうだなんて、あんた、自分の作った狭間に愛着ないの？　絶対戦場になるわよ。愛情かけて育てた葡萄も、踏みつけられてしまうわ。この館も破壊されるかも」

「……覚悟の上だ」

凛音はやはり、ここであいつらを倒すつもりなんだ。

組織を瓦解させるほどに徹底的に。

この美しい牧歌的な狭間がめちゃくちゃにされるのは良い気がしないが、凛音の覚悟を感じ取り、私も気を引き締める。

「あ、獏のあの子は？」

「ちゃんと安全な場所に避難させた。ここはシェルターだ。突破困難な部屋もある」

「ふーん。あんた意外と、あの子のことを可愛がってるのねえ」

「…………」

凛音は無反応で、双眼鏡を覗いている。

だけどこっちは知っているのよ。あんたがあのもふもふと、毎夜一緒に寝ていることくらい……っ。

「茨姫。吸血鬼の殺し方を復習する。首を落とすこと、心臓を貫くこと、一番効果的なのは日光を浴びせることだ。とはいえ敵も、自身の弱点は承知している。何かしら隙をつく必要がある」

「露骨に話を逸らしたわね。……ええ、そこのところは、わかっているわ」

「殺すことを、決して躊躇うな。もとより屍人だ。葬ってやる方が、奴らのためでもある」

「………………」

私は横目で、チラリと凛音を見た。

ずっと言おうか言うまいかと悩んでいたのだが、本格的に戦いが始まる前に、凛音には伝えておかなければならないのかもしれない。

「なら、凛音にも一つ、お願いがあるわ」

「……なんだ」

凛音もまた、チラリと私をうかがう。

「もし今夜、いや今夜でなくとも今後……ライに会うような事があったら、あの子を殺さないであげて」

「ライ？　狩人のか」

解せないというように、凛音は顔を顰める。

「だがあいつは……源頼光の生まれ変わりだぞ」

酒呑童子の魂の半分を持っているというだけで、情けをかけるのか、と言いたげな瞳。

「千年の恨みがあるのはわかるわ。だけど……あの子、何も覚えていないのよ」

「わからんな。あれほど憎んだ相手だというのに」

「憎かった奴は、一度、殺したから。もうあれで、復讐は終わっているから」

「今世もまた、あなたや酒呑童子に、害を為すとしてもか」

「…………」

あの子は多分、私のことは傷つけないだろう。

だけど、魂の片割れである馨のことは、恨めしく思っている。

馨に何かあっては遅い。だけど、それでも、あの子の中には、シュウ様の感情が眠っている。

せめぎ合う二つの魂の間で、苦しんでいるのが見て取れる。

そんな子を、ただ切り捨てることはできない。私はあの子と、もう一度向き合わなければならない気がするのだ。

と、その時だ。遠く葡萄畑の方角で、連続的な獣の遠吠えが聞こえた。

「あれは……っ」

私は双眼鏡を目に当てて、様子をうかがう。

なんと、月夜をバックに暴れまわっている狼が二匹。

「夜間は常に満月。人狼とは満月を見ると野生を取り戻し、肉を求めて狩りを始める」

「サリタと、ジータなの？」

「そうだ。愛らしい幼子の姿からは、到底想像できない獣だろうがな」

吸血鬼たちを追いかける二匹の狼。光る双眸(そうぼう)が、遠くからでも確認できる。

凛音が指を口に当て、指笛を鳴らした。

すると狼二匹は、こんな遠くでも凛音の指笛を聞き逃すことなく、逃げ惑う吸血鬼たちを追いかけるのを止め、一旦(いったん)引いた。

「次は何をする気なの？」

「上空を見ろ」

言われた通り顔を上げた。

そこには、箒(ほうき)に跨(また)がった黒いドレスと三角帽子の、麦色の髪の魔女がいる。

あの美女は、写真で見た。アリスキテラの若かりし頃の姿だ！

「イヒヒヒヒッ。イーヒヒヒヒヒヒッ。〝若返り薬〟を飲むと、肩こり腰痛、その他諸々(もろもろ)が改善されて爽快(そうかい)だわい！」

しかし喋(しゃべ)り方は変わらず、魔女のお婆さん調で。

「さーさ、おいでませ！　目覚めませ！　見えぬものたちよ、妖精(ようせい)の力を見せておあげ」

アリスキテラは細い木の杖(つえ)を振るって、上空に西洋魔術の魔法陣を展開する。それが葡萄畑に宿った〝見えぬものたち〟を目覚めさせる。

「うわあ……」

思わず感嘆の声が漏れ出た。遠くで、光の点がワッと広がっていくのだ。

まるで冬のイルミネーションのように、色とりどりの光が。

双眼鏡で確認すると、光は蛍のように飛び交っている。

しかし美しい見た目に反し、その光は広範囲の葡萄畑に隠れた吸血鬼たちに向かって突撃し、銃弾のごとく体を貫いていく。

上空を浮遊する箒にて、アリスキテラはお澄まし顔で、指揮者のごとくリズミカルに杖を振り続けていた。

「お、恐ろしい魔女ね……」

「西洋魔術を極めた魔女と、隠れることが得意な妖精相手に、逃げ果せることなど不可能なのだ。アリスキテラが魔女狩りを逃れることができたのは、見えぬものたち……すなわち妖精たちと契約して、隠れる力を借りたからだと言われている」

なるほど。凛音の説明でちょっとだけ納得。

吸血鬼たちが一方的に狩り尽くされる様を見ていると、どちらが悪者か分からなくなるわね。しかしこれが、ホームの戦いというものか。

「魔女と人狼があれだけ強いのであれば、私たちの出る幕は無いんじゃない？」

「そんな事はないさ。結局、二大権威だけはオレたちにしか倒せない」

チャキ……

凛音は腰にさした刀の鍔を、親指で押し上げる。

そして、視線を流して背後を警戒した。

私もハッとして振り返る。そこにはすでに、以前バルト・メローの船で出会った、二人の吸血鬼が居たのだ。

……気配が、なかった。

「凛音ぇ、捜したわよぉ。お前、私たちを裏切ったわね」

派手な化粧と、中世ヨーロッパを思わせるドレス姿の、バートリ夫人。

「どういうつもりだい。私たちはお前を、仲間だと思って接してきたというのに」

目元を隠す仮面とマントを身につけた、渋い声音のドラキュラ公。

二人はすでにこの狭間内に侵入し、私たちに悟られることなく館にまで入り込んだのだ。

背中を取られて僅かに焦ったが、凛音はまるで、それすらも予期していたかのような落ち着きようで、

「仲間？」

わざとらしく、ハッと笑った。

「白々しい。オレが裏切ることを分かっておいて、あえて泳がせたのだろう。結局茨姫を連れてくることができるのは、オレだけだと分かっていたのだ、お前たちは」

ドラキュラ公は、顎髭を撫でながら苦笑する。

「お前が我々に対し、疑念を抱いていたのは薄々感じていたからな。しかし仕方がない。お前は、異端審問の悲劇を知らないのだから」

バートリ夫人は扇で顔を煽(あお)ぎながら、

「人間だって、相容(い)れない存在には酷(ひど)く残酷になれるわあ。私たちはそれと同じことをしているだけ。過去の惨劇を、倍返しでやり返しているだけぇー。おっほほほほほほほほ」

ひとしきり高笑いして、畳んだ扇の先で、ビシッと私を指した。

「さあ凛音、そこの小娘をお渡し！　小娘は今宵(こよい)の夜会で行う復活祭の生贄(いけにえ)なの。お前も夜会に招いてあげるわあ。そこの娘がぐちゃぐちゃになるところを見せてあげる」

「断る」

即答した凛音に、バートリ夫人は眉(まゆ)をピクリと動かした。

自身の頬に片手を添えて「どうしてえ？」と、問いかける。

「地面に這(は)いつくばって、私の靴を舐(な)めて、お許しくださいエルジェーベト様と言ったなら、私はお前を許してやってもいいと言っているのよ。なんせ、同族。特に凛音、お前は美しく貴重な東洋の吸血鬼だからね。私の権限で、首輪をつけた一生の奴隷として生かしてあげるわあ」

目を見開いた恍惚(こうこつ)の表情で、ゾッとするほどの戯言(たわごと)を連ねる。

しかしこれには、凛音もイライラと嫌悪感がマックスなのか、

「寝言は寝て言えブス。淫乱の変態女が」

「んな……っ！」

吐き捨てるような暴言に、まるで飼い犬に噛まれたような顔をしている、バートリ夫人。

そして、言葉にならない金切り声をあげて頭を掻きむしっている。

「ちょ、ちょっと凛音。流石にあんたそれ失礼よ」

「うるさい。本当のことだ」

「一応謝っときなさいよ。めちゃくちゃ怒ってるわよ」

「嫌だ。ずっと言ってやりたかった。人のことを気持ち悪い目で見やがって」

凛音は言うことを聞かない。別に聞かなくてもいいんだけど、バートリ夫人のことがめちゃくちゃ嫌いなようだ。

当の本人たちは、凛音のことを凄く気に入っていたみたい。

裏切った凛音を、もう一度仲間に引き入れたい様子が見て取れる。吸血鬼たちが、同族に甘く優しいと言われていることの意味が、少しわかった。

「ふう。随分と嫌われてしまったようだな、我々は」

渋い声のドラキュラ公は、額に手を当てて、やれやれと首を振っている。

「ならば、仕方がない。凛音、君を殺してでもその娘を連れていかねばならない。その血は、一滴残らず吸血鬼に注がれて、我々はついに昼の世界をも支配するのだ」

「そうだ！　殺してやる！　そこの小娘も、凛音、お前も‼」

癇癪玉が弾けたようにテンション上げ上げのバートリ夫人が、足踏みをして下品な笑い声を響かせる。本性が露わになるにつれ、醜い女だ。

それにしても、黙って聞いていたら、好き勝手なことを。

「お前たちにくれてやる血などないわ」

いよいよ私も痺れを切らし、髪を払いながら堂々と言ってのける。

二人の吸血鬼が、今まで無視していた私に注目する。

「私のものは私のもの。すなわち私の血は、私のものよ。私の意思で、可愛い眷属にちょろっと注いであげることはあっても、お前たちにはあげないわ」

「うるさいんだよ食料がァ。口を開くんじゃないっつってんのよお！」

「無礼者め！」

バートリ夫人の暴言を前に、凛音が身構える。

「この方を誰と心得る。我が王、茨木童子様だ！」

凛音の剣幕に、荒ぶっていたバートリ夫人が圧倒され、怯んだのがわかった。

私はと言うと、凛音に「よくぞ言ったわ」と囁いて、背中にぽんぽんと手を置いてやる。

そして、

「そーいうことだから、女王様は逃げます！」

私はバチンとウインクして、ルーフバルコニーから飛び降りた。

「逃げた⁉」

ドラキュラ公とバートリ夫人は驚いたでしょうけれど、これは予定通りである。私はルーフバルコニーの真下で、狼姿のジータに拾われた。

「チクショウ！　あの娘は私が追うわ！」

「殺してくれるなよ、夫人……」

ジータの背に跨り、風の如く庭園を駆け抜けていく中で、遠く、バートリ夫人とドラキュラ公の声が聞こえた。

どちらかが私を追いかけるだろうとは思っていたが、この感じだとバートリ夫人か。

しかし振り切らねば。凛音が片方を足止めしているうちに、私もまたある場所へと向かわなければならなかった。

「あちこちに吸血鬼がいるわね……ほんと、ゾンビ映画みた……い！」

私は戦場のような葡萄畑を、凄い速さで突っ切るジータの背に乗って逃げていた。私に向かってくる吸血鬼たちを、刀で切り捨てながら。

夜という、吸血鬼たちが最も凶暴になる時間。

この狭間（はざま）に入り込んだ吸血鬼の数は多く、早々に頭の二人を倒さなければ、数で押されかねない。

「イヒヒヒ、護衛してやろうかえ、鬼っ娘」

「アリスキテラ！」

箒にまたがった小さな老女が、すぐ傍を飛んでいた。

「あれ、さっきまで若々しい美女だったのに、どうしてまたお婆さんなの？」

「若返り薬の効果が切れたんだよ。あれはやはり、失敗作だったようだ。イヒヒ」

「そ、そう。爆発してたしね」

「それより、後ろを見てみい、鬼っ娘」

「ん？」

アリスキテラがニヤニヤしているので振り返ると、あのバートリ夫人がドレスの裾を持ち上げ、猛烈な速さで葡萄畑を駆け抜けている。猪突猛進って感じで。

「う、嘘でしょ。狼の足に追いつくだなんて……っ」

流石にあの姿には恐れを感じて震え上がる。夜の吸血鬼って、無敵なんだわ。

アリスキテラが杖を振るって「ホイ」と花火を打ち上げ、背後に迫る殺気の元であるバートリ夫人の猛追を阻止してくれた。

「今のところ優勢だが、どれほど保つかはわからんぞ。あたしもそろそろ腰が痛い」

アリスキテラは「イヒヒ」と笑って、私たちの傍らから離れギューンと上昇した。魔女の箒いいなあ。

「あ、見えた、あそこの納屋よ！」

ジータはグルルと鳴いて、葡萄畑の向こう側に見えていた納屋の裏手に回る。

納屋の付近に吸血鬼はいない。サリタが撒いてくれていたからだ。その隙に裏口の鍵を開け、中へと入り、真っ暗な納屋の中で呼吸を整える。

手に握りしめていた銀の鈴を見て、どうか凛音が無事であるよう、祈った。

ドラキュラ公は、世界中の吸血鬼を束ねる第一権威。凛音がどれほど強くとも、油断できる相手ではないことくらい、あの者を見ただけでわかっていた。

「グルル」

「……大丈夫よ。私は予定通りバートリ夫人を葬るわ。ジータは少し休んでいて」

疲れているジータを、納屋の奥に行かせた。

と、ちょうどその時、表側のシャッターが破壊される音が響く。

凛音いわく、変態女がここへやってきたようだ。

「いたわ……いたわねえ、小娘！　もう逃げられないよ」

シャッターを壊して現れたバートリ夫人は、私を見つけると嬉しそうに目を眇め、巨大な斧を引きずってこちらにやってくる。

ズリ、ズリ、ズリ……

まるで、処刑人が持っていそうな斧だ。

私は逃げも隠れもせず、納屋の真ん中、ちょうど丸い天窓の光が差し込む場所で、バートリ夫人を待ち伏せていた。

バートリ夫人の後方からは、ずらずらと複数の吸血鬼も侵入してくる。

「ドラキュラ公に、お前を殺すなと言われているが、殺さなければいいだけで、いたぶるなとは言われてないのよねえ！」

バートリ夫人はこちらを威嚇しながら、巨大な斧を思い切り振るって、納屋の積荷を簡単に破壊する。

それらは埃(ほこり)を巻き上げながら、ガラガラと崩れ落ちた。凄い力だ。

「ずうっと、お前のことが気に入らなかったのよ、茨木真紀(いばらきまき)。バルト・メローの船で会った時からね。夢で何度、お前を切り刻んだかわからないほどにねえ……っ！」

バートリ夫人の表情ときたら。

笑顔なのに額や頬に血管が浮かび上がっていて、すでに息が荒い。

私をいたぶることが、楽しみで楽しみで仕方がないというご様子だ。

「私、夢で何度も殺されるほど、あんたに何かしたかしら？」

「邪魔な女は全部嫌いよ！　私以外の女はみんな敵。食事を邪魔されて、お気に入りの男を奪われたなら、それだけでぶっ殺したくなるってもんでしょお！」

ドレスから血管の浮き出た足を踏み出して、私に向かって斧を振りかぶるバートリ夫人。

あのドレスの重量で、随分と身軽だ。私はその場から動くことなく、刀で受け止める。

重い一撃を受け、ぶつかり合った霊力が火花を散らす。

やがてそれが、弾けるように強く反発しあって、お互いに身を引き体勢を整える。

「お気に入りの男を奪われたって言うけれど、そもそも凛音は私の眷属よ。あんたのような危険な女に、あんな可愛い子を、誰がくれてやるもんですか」

あかんべー、をしながら。

可愛い我が眷属が変な女に狙われていると思うと、主人としては何とかして守らなければと思ってしまう……っ!

「ああ〜、もう無理。早く、お前の、泣き叫ぶ声が聞きたいわあ」

バートリ夫人はというと、危なげに瞳を揺らし、ブツブツ何か言ってる。

「そもそもあの時、お前を無理やりにでも連れていけばよかった……攫えばよかった……生きたまま腹を引き裂いて臓物を引きずり出して、たっぷり生き血をすすってやればよかった! あの船の中で全てを終わらせておけば、こんな狭っ苦しい国に来る必要も無かったってのにぃいいいいっ!」

ヒステリックな声をあげて、バートリ夫人は衝動的に、すぐそばにいた一人の吸血鬼を斧で真っ二つに斬り裂いた。

「陰陽局? あやかし労働組合? 笑わせんじゃないわよ! どいつもこいつも私たちを

追いかけ回して、吸血鬼の食事を邪魔しやがって〜〜っ！」

バートリ夫人は、とばっちりを受けた吸血鬼の死体を何度も踏みつけ、イライラを発散している。

私が居ない間も、現世(うつしよ)のあちこちで陰陽局や労働組合に追い回され、食事の邪魔をされたのだろうな。みんなが頑張って人間たちを守ったのだろう。それが間接的にわかって、こちらとしてはやる気に満ちてくる。

そしてやはり、この女はここで倒さなければと思う。

「現代の日本は凄いでしょう？　人間たちもあやかしたちも、それなりに持ちつ持たれつ、対策が徹底してあって。吸血鬼様の威光も、こんな東の島国じゃあ通用しないかしら？」

「舐(な)めるんじゃないよ！　赤の兄弟は世界で最大規模の、統率のとれた人外組織だ！　敵無しなのよお！　……ヴッ」

バートリ夫人は突然顔色を変え、巨大な斧を地面にガツンと打ち付ける。

そして懐から小瓶を取り出し、急(せ)くようにして中身を飲んでいる。

口の端から流れ落ちる赤い液体。それはまぎれもなく、血だ。

「はあ、はあ……っ。ああ、美味(おい)しい」

苦しげだった表情に、笑みが浮かぶ。

「質の高い血はねえ、吸血鬼を高ぶらせてくれるものよお。第二権威である私には、そういう血がたくさん集まって来るの。私はそれを、マメに摂取しているってわけよ」

「いや、もう十分高ぶってるでしょ。あんたに必要なのは気を落ち着かせる薬か何かよ」

「うるさい！　私に口答えするな食料があ！」

私に向かって斧を振るうバートリ夫人。受け止める私。

大江山の刀は硬いから、この程度の攻撃で折れてしまうということはない。

押しつぶさんとする斧の重さを利用し、刀を滑らせ、体をひねって、バートリ夫人の背後に回る。そのまま首を落とさんと刀を振るったが、

「な……っ」

首に刃が通らない。首に触れる少し手前で、何か強い力に阻まれて、どれほど力を込めても、そこに到達しない。

「バーカ、バカバカ、バカ女。私は吸血鬼でありながら、黒魔術の使い手なんだよぉ」

彼女の首には、私には何が何だかわからない、西洋魔術の術式のようなものが、帯を成して描かれていた。それが首を守っているのだ。

凛音が、敵も自分の弱点を承知していると言っていたことの意味がわかった。

「なるほど、やるじゃない」

バートリ夫人が、グルンと体を一回転させた。勢いづいた斧が真横から迫り、私はそれを受け止めながらも刀ごと吹っ飛んで、隅に積み上がっていた無数の木箱に激突する。

「……つうっ」

ハッとして顔を上げると、斧を背負ったバートリ夫人と、血に飢えた吸血鬼たちが、私を囲んで見下ろしている。

「アハハッ、いい様ねえ茨木真紀。今からどうやっていたぶってやろうかしら」

「……あんた、強いわね。今までも色んな拷問をして、人間の娘を殺して来たんでしょう？　せっかくだから、あんたの武勇伝でも詳しく聞かせてよ」

「はあ？」

もう少し、もう少し。もう少しだけ時間を稼がないと。

バートリ夫人は私をいたぶりたい衝動と、武勇伝を語りたい欲望に揺れていたが、ニヤッと歪な笑みを浮かべ、

「そこまで言うのなら、いいわよお」

結局、ペラペラと生い立ちを語り始める。

「人間だった頃の私はね、そりゃあもう身分の高い伯爵夫人だったのよ。だあれも私に逆らえない。嫌いな下女を折檻して、跳ね返った血がとても綺麗でね。若い女の血をもっと浴びれば、若さと美しさを保つことができると、当時の旦那様が耳元で囁いたわあ」

夫人は恋する乙女のような表情だ。

「チェイテ城で多くの娘を殺した。それはもう、数え切れないほどの若い娘をねえ。農民

の娘から、下級貴族の娘まで。コレクションした拷問道具でひとしきり遊んでやったら、血を一滴残らず搾り取って、浴槽に溜め込んで、そこに浸かってひと休みひと休みよ。ああ、なんて至福の時。あああっ、思い出しただけでゾクゾクしてくるわあ」

本人は身悶えているが、私には、聞こえないはずの多くの悲鳴が、聞こえてくる心地だった。

凛音から聞いていた通りだけれど、本当に、救いようの無い殺人鬼。

「だけどそれがねえ、ある時、偉い奴らにバレちゃったのよ。人間たちに監禁されて、陽の光の差し込むことのない、真っ暗な部屋で何年も過ごしたわ。私はねえ、太陽に憧れて、憧れて、部屋の壁を引っ掻いて、ある時、死んだ。ぽっくりねえ」

「………」

「そして、気がついたら吸血鬼として覚醒してたってワケ。だけど結局、吸血鬼は太陽の下に出られない。まるで、夜という牢獄で、長い刑期が始まったかのようだったわあ」

「そんなの、自業自得じゃない」

「あっはははははは。まあそうなんだけどねえ。しかしそれも今日でおしまいだわ。私はお前の血を啜って、やーっとシャバに出られるって訳よお」

「シャバ、って……」

その時、私は自分の頬に伝う血に気がつく。さっきこの辺の木箱に激突した時、頭を打ったのだ。

バートリ夫人も、控えている手下の吸血鬼たちも、私の血を見て目を剥いた。

ガタガタと震え、よだれを垂らして、汚れた手をこちらに差し向けるのだ。

「触るな」

だけど私は、その手を思い切り払う。

「あんたみたいな女、凛音が嫌悪するのも当然だわ。あの子はまっすぐ。だけどあんたは、歪みまくっているもの」

手を払われたバートリ夫人は、いよいよ息を荒らげて、今にも私に食いつかんとしている。

甘く芳しい血の前で「待て」をされている犬のようだわ。

ならばもっと、その欲望を煽ってあげましょう。

私はニイっと笑って見せたあと、自分の刀で自分の腕を薄く切る。

ボタボタボタと、赤い血が流れ落ちる。

「な……っ、お前、何を」

私の自傷行為に、流石のバートリ夫人もびっくり。

ほかの吸血鬼たちも、強い血の香りに煽られ、理性がぶっ飛んで、私に襲いかかろうとする。

「お、おやめお前たち！　私の言うことが聞けないの⁉」

バートリ夫人もマズいと思ったのだろう。統率を失った吸血鬼たちの行動にたじろぎながら、自身もまた私の血の香りにクラリとよろめく。

私は奴らを引きつけるだけ引きつけ、思い切り、血に染まった拳で目の前の木箱を叩きつけた。

血の破壊能力により木箱は破裂。吸血鬼たちが爆風に煽られ吹き飛ぶ。

バートリ夫人だけは斧の側面で体を守り、爆発の衝撃を免れたようだ。

「ふう」

私も後ろに転がったが、すぐに立ち上がって、制服のスカートを叩いた。

自分の攻撃はあらかじめわかっているので、体を霊力コーティングしとけば怪我することはない。

しかし不意打ちで爆発に巻き込まれた吸血鬼たちは一溜まりもない。

あちこちで、苦痛に呻く声が聞こえてくる。この程度じゃ死なないのでしょうけれど、すぐに身動きは取れないようだ。

さあ、そろそろ、時間だ。

決着をつけましょう、バートリ夫人。

凛音から預かっていた銀の鈴を手に握り、私は木箱の残骸から軽やかに飛び出した。

「こっちへいらっしゃい。私の血が欲しいでしょう？　鬼さんこちら〜」

って、私も鬼さんなんだけれども。

逃げる。

走りながら、広い納屋の中を走って、裏の出口に向かう。

走りながら、私は凛音から預かっていた銀の鈴を、リンリンと鳴らしていた。

「ぐ……っ、血をよこせ、お前の血を……っ、血をおおおおお！」

バートリ夫人が私を追いかける。

リン、リン、リリン……

私は銀の鈴を鳴らし続け、裏口から外に出た。

「待て、待て茨木真紀いいいいいいい！」

私の血の匂いに誘われ、冷静さを欠き、理性を奪われたバートリ夫人もまた、その裏口から勢いよく飛び出した。

「…………え？」

チチチ、チチチ……

小鳥が鳴いている。

木々がそよ風に揺れている。

夜が明け、ちょうど太陽が昇っている。

「な……っ、なぜ……夜だったはず。確かにまだ、夜だったはず……っ！」

そこは山頂の開けた場所で、バートリ夫人は、本来絶対に拝むことのない景色を前に、目を見開いていた。

絶対に、出ていくことのない、夜明けの時間帯に。

「ごめんね。あの狭間（はざま）の中にいると時間の感覚が狂わされるの。あの中の時間は、現実世界の時間より体感がかなりゆっくりだから、現実世界はすでに日曜の午前中なのよね。あ、私たちは浦島太郎システムって呼んでるんだけど～」

しかしバートリ夫人は、そんなこと聞いちゃいない。

あの狭間結界のカラクリに気がつかなかったせいで、最大の弱点である太陽の光を、こんなにも思い切り浴びてしまうことになった。

「………」

だけど、なぜか。

バートリ夫人は薄く明るみを帯びた空や、色付いた世界を見つめ、涙を流している。

邪悪なものを一つも感じさせない、純粋な少女のごとく、あどけない顔をして。

「う、うがあああああああ」

しかしすぐに、バートリ夫人は顔や喉（のど）を掻きむしりながら、その場でゴロゴロと転がる。

「私の、私の美しい肌が、焼けて……っ」

どれほどの生き血を犠牲に保ち続けてきた美肌かはわからないが、彼女の青白い肌のあちこちが黒く焦げ、オレンジ色の熱を帯び、ひび割れて崩れていく。

掻きむしっていた指先も、焼け炭のようにボロボロと。

私はそんな彼女を、ただ、淡々と見下ろしていた。

「せめて、恋い焦がれた太陽の下で、逝きなさい」

一瞬だけ。

かつての自分の死に際を思い出していた。

炎に焼かれ、同じように、灰になっていく……

「許さない……許さないぞ、茨木童子」

バートリ夫人は太陽の光に体を燃やされながら、その目を見開いて、瞳に私の姿を焼き付けている。そして震える低い声で恨み言を吐く。

「お前と私の何が違う。人間だった者が鬼になった、同じではないか！」

「そう、同じよ。だから私も、かつて人間に滅ぼされたのよ」

否定などしない。死に方すら似ているんだもの。

どれほどの悪行を重ねてきたか、という点では、前世の茨木童子とこの女は、そう変わらないのかもしれない。

「チクショウ、チクショウ……小娘が……っ」

「………」

「ハハ……アハハッ。まーいいや。地獄で……地獄で待っているわあ！」

捨て台詞の後、全てが灰になって、風に吹かれて散り散りになる。

長く生き延びた吸血鬼であれ、死ぬ時はあっけないものだ。

「……はあ。終わったわ」

私はバートリ夫人の最期を確認すると、また鈴を鳴らし、葡萄畑の納屋に戻る。

この納屋は〝葡萄畑の館〟の狭間と、現実世界を繋ぐ出入り口の一つだったのだ。

「ジータ、大丈夫？」

「グルル」

納屋の後方に隠れ、休んでいたジータが出てきた。

元気を取り戻したジータの背に跨り、納屋を出る。

ジータの遠吠えに、遠くのサリタが応えたのを聞いて、私は再び館を目指す。

「早く、凛音のところに行かないと……」

この狭間は、いまだ夜が明けていない。

だけど現実世界は、確かに夜が明けていた。

これこそ凛音の狙いで、バートリ夫人はまんまとその罠に引っかかり、油断して太陽の光の降り注ぐ外界に飛び出してしまったのだった。

人間としての生を終える瞬間も、光すら入らぬ暗い部屋の中で死んだと言っていた、あのバートリ夫人。

最後の最後に、恋しい太陽を拝んだのは、幸か不幸か。

地獄で待っていると言った、あの女の声が、今もまだ耳に残っている。

《裏》凛音、千年報われてない。

「女性とはせっかちなものだ。ヒラリヒラリと蝶のように側で戯れていたかと思ったら、すごい速さで消えて無くなる。なあ凛音、そうは思わんかね」

庭園の真ん中で、ドラキュラ公と対峙している。

オレは、鞘から刀をスラリと抜いた。

「待ちたまえ、凛音。私はお前と、話をしにきたのだ」

「話などない。年貢の納め時だドラキュラ公。お前はここでオレに討たれる」

「ほう。お前は本当に、この私を斬るというのだね」

何が面白いのか、ドラキュラ公は顎を突き出し笑った。

「だが凛音、それがお前に出来ると？」

答える代わりに、オレはドラキュラ公に向かって刀を振り下ろす。

しかしその刃は、ドラキュラ公の「やめなさい」の言葉に止められ、奴の顔すら掠めもしない。

「く……っ」

オレは一度身を引いた。

ドラキュラ公は仮面を取り、その緋色の瞳を煌めかせる。

「私は吸血鬼相手に支配能力を持っている。絆の浅いお前に効き目は薄いが、それでもお前は今、身を以て知ったはず。この声が、この目が、私を殺させはしないこと」

そうだ。こいつは赤の兄弟を設立した、最も格の高い吸血鬼。

赤の兄弟とは、同じ獲物の血を分け合って生きてきた同盟組織であり、その分、血の絆が幾重にも結ばれて、親玉であるこいつの命令には従わざるを得なくなる。

オレは同じ血を分け合った回数こそ少ないが、この男に睨まれると、偉大な父を前に畏怖する心地に陥り、圧倒的な服従の意識が芽生えるのだ。赤の兄弟の統率力の高さは、実のところこの男の能力によるところが大きい。

しかしそれは重々承知の上。

だからオレは、それを上回る、絶対の契約を得たのだ。

もう一度構え直し、迷いなくドラキュラ公に斬りかかる。

「やれやれ。やめなさいと、言っているのに」

ドラキュラ公は余裕ぶって防ぎもしなかったが、オレは密かに、ほくそ笑む。

「⁉」

ドラキュラ公の肩がバッサリと切り裂かれ、血が噴き出した。

一度目に、攻撃を阻止された〝フリ〟をしたおかげで、敵はすっかり油断していたようだな。

「ふん。残念だがお前の支配能力は通用しない。なぜならオレは、既に茨姫の血の力によって完全支配されているからだ」

満ち足りた、負ける気のしない心地で、言い放つ。

そう。茨姫との眷属の契約。それこそが、ドラキュラ公攻略の鍵でもあった。

「ほお。既に我々との絆は、断ち切っているというのか……なるほど、なるほど。それほどに、あの娘の血の力は強い、と……」

ククククと、嚙みしめるように笑って、奴は懐から小瓶を取り出し、その蓋を親指で弾いて、中身を飲み干す。

血だ。吸血鬼は人間の血を、年代とランク分けをして保管しており、高品質の血はこの男に献上される。

今飲んで見せたのも相当な上物だろうが、まあ、茨姫の血には敵うまい。

「少し、話を聞いてくれないか、凛音」

「断る」

「まあそう言うな。私が胸の内を明かそうと言っているのだ」

「…………」

臨戦態勢を解かぬまま、オレは黙っていた。

話をしている間に、肩の傷をすっかり癒すつもりだろう。血を飲んだ吸血鬼は、自己治癒力も上がる。

それはわかっていたが、こちらも時間稼ぎをしたいところであった。外界との時間のズレを利用して、こいつらが最も苦手なものを利用するために。

ドラキュラ公は、オレが何かを企んでいることに気がついているかもしれないが、この狭間結界内の満月を見上げながら、後ろで手を組んで語り始める。

「私もまた千年の時を生きた吸血鬼だ。途中、ヴラド3世と呼ばれる人間に成り代わり、歴史に名を刻んでもいるが、その以前よりこの世界で生きていた。まさに吸血鬼の始祖と呼ばれるべき存在だ」

「だからなんだ。オレはお前たちとは種が違う。お前を敬う必要はないし、お前の戯言に付き合っている暇はないぞ」

「そう。違った。最初からお前は、私たちとは」

オレはそろそろ、この男に仕掛けるタイミングを計っていた。

しかしドラキュラ公はまだ自分語りをしている。

「お前が私たちの前に現れ、太陽の光をものともしない吸血鬼であると分かってから、私はその理由が、日本にあるのではないかと、密かに探りを入れていた。あの娘の存在は、浅草という街の中では有名だったので、意外とすぐに見つかったよ。……盲点だった。あのような島国に、吸血鬼を救う〝特効薬〟があったとは」

この男が千年もの間、ずっとずっと探し求めていた、太陽の克服方法。

奇(く)しくもオレがヒントとなって、こいつらに茨姫が見つかってしまった。

「凛音、感謝しているぞ。お前が私たちの目の前に現れたおかげで、あの娘に辿り着いたのだから。追い求めていた真実を手にしたのだから」

「何が真実、だ。茨姫の血は、お前たちの特効薬でもなんでもない。お前のような下賤(げせん)なものに奪われていいものではない！　あの方のものは、あの方のものだ！」

許せない、という気持ちが募ってしまう。冷静でいようと思っていても。

こんな奴を、茨姫に触れさせてなるものか。

「まだ間に合う。あの娘を差し出せばお前は許そう。むしろ我々を救った貢献度から、第三権威、いや、第二権威にまで取り立ててやれるぞ、凛音。私の右腕だ」

「断る」

「……即答か。お前のことは特別気に入っていたのだが、残念だ。赤の兄弟は巨大な組織。お前たちが逃げ切れることは、万が一にも無いと思え」

そして、ドラキュラ公は長いため息をついた。

腰に差していた、細身で先端の尖(とが)った針状の剣(レイピア)を抜き、口元に薄く笑みを浮かべる。

いよいよ、この男との一騎打ちが始まろうとしていた。

「……ガッ……」

しかし、身構えた、その時だった。

稲妻のようなものが天から落ちたと思ったら、ドラキュラ公が突然、口から血を流しながら倒れたのだ。

驚いた、なんてものではない。

倒れた奴の背中に、見覚えのある黒い刀が刺さっていた。

特殊な錬金術で生み出された、あやかし殺しの呪詛がかかった、黒い刀——

予想外の出来事に動揺したが、そんな場合では無い。

ドラキュラ公の背後には、ある男が凛然と立ち尽くしていた。

どうして、お前が、そこにいる。

オレはそいつをキツく睨みつける。

「真紀には、指一本触れさせない。卑しい異国の吸血鬼め」

黒いローブを纏った男は、ドラキュラ公を足蹴にして、その背中から刀を抜きながら、

今度はオレに狙いを定める。

「貴様は……っ、狩人、ライか！」

「真紀はどこだ。彼女のことは、僕が守る」

この男がここへ来ることを、オレは予想しなかった訳じゃない。

確かに、赤の兄弟はミクズと繋がっていた。お互い協力者として。

だからこそ、こいつがなぜドラキュラ公を刺したのかが、わからない。

あのドラキュラ公が、こうも呆気なく、討ち取られるとは――

「ライ……いや、宿敵、源頼光の生まれ変わりめ！」

考えるより先に、先手を取った。

オレはドラキュラ公に向けるはずだった刃を、狩人のライに向けて、迷いなく斬りかかる。だが奴は、義足に力を込めて高く飛んだ。

「違う。僕は酒呑童子だ」

上空で、黒いフードの隙間から見える冷酷な瞳によって、見下ろされる。

黒く澱んだ、しかし迷いのない視線。殺意。

直後、上から振り落とされた、一閃の雷のごとき一撃を、全身で受け止める。

「……っ」

平たく潰れてしまいそうなほど重い。だが、オレはなぜか笑っている。

「笑わせるな。笑わせるなよ、ライ。酒呑童子も源頼光も、両方を知っているオレからすれば、お前はどう見ても酒呑童子ではない」

「なに？」

「あいつはそんな目をしない。この世の全てを憎むような目をする男ではない！」

狩人ライの目は、言ってしまえば死んでいる。この世の全てを呪っている。救いを求めているくせに、この世の何もかもを諦めている。

まるでかつてのオレのようだ。

だが酒呑童子はそんな目をする男ではない。いつも未来を見据え、幸せを追い求める勇気と気骨のある、生きた目をした男だった。

共に生きようと、手を差し伸べることのできる男。だからこそ、茨姫は……

「お前などただの盗人だ！　酒呑童子の魂の半分を盗んだ、憎き頼光の転生体でしかない！」

「⁉」

嚙み合った刀を押し返し、距離を取る。

オレの言葉に、明らかにライの動きが乱れ、激しい動揺がうかがえた。

奴は片手で顔を覆いながら、ブツブツ何か呟いている。

「うるさい……。うるさいうるさいうるさいっ！　僕が生まれた時から持っていたもの、持たされていたものを、盗んだなんて言うな！」

再び、オレに斬りかかる。

酒呑童子の魂の片割れを持つ、今にも泣き出しそうな、もう一人の少年。

おそらくだが、現世でこいつほど厄介な因縁を孕み、あやかし殺しの才能を持つ人間などいないだろう。

それこそ、茨木真紀、天酒馨すら凌駕するほどの、強大な霊力を持っている。

「貴様も殺す！　真紀の血を狙う吸血鬼、化け物め……っ」

力任せの攻撃で、オレを斬りつけ続ける。

おそらくこいつにとっては、オレもまた、茨姫に害をなすあやかしなのだろう。

だが、こいつにも弱点はある。

「貴様……っ、何を勘違いしているか知らないが、オレはあの方の許しを得て血を吸っているに過ぎない。オレは、あの方の眷属だからな。貴様と違って、オレとあの方には歴とした絆があるのだ！」

「……っ⁉」

煽るような、得意げなオレの言葉を、無視することもできないほどの動揺を、霊力のブレから感じ取れる。何だかんだと言っても、まだ、若い。

「うるさい、うるさい……うるさい妖怪風情が！」

しかしどれほど太刀筋が乱れようとも、こいつの速さは、まるで不規則な雷光のようで捉えきれない。

オレは徐々に防戦一方となる。黒い刀に斬られたら、終わりだ。

「真紀は僕が守る。たとえ真紀が、僕を愛してくれなくても。僕を許してくれなくても！」

「……は？」

「これは僕の償いなんだ！　真紀は、僕が守らなければ、死んでしまう！」

何を言っているんだ、こいつは。

かつて茨姫を苦しめた源頼光が、なぜ今になって茨姫を守るなどと、おこがましいことを口にする。

しかも、それができるのは、自分だけだとでも言うように。

「まさか貴様、茨姫に惚れでもしたのか？」

「!?」

フードの隙間から見える表情が、全てを物語っている。

なんだ、それは。

猛烈にイラついた一方で、乾いた笑みが零れ落ちる。

何も覚えていないくせに。

オレたちに何をしたかも覚えていないくせに。

一丁前に、あの方に惹かれて、惚れやがって！

「じゃあ何か。その焦りは、叶わぬ恋の裏返しか。酒呑童子への嫉妬か。自分を受け入れてくれない茨木真紀に、こんなにも守ってあげているのにと、押し付けがましい愛を知らしめるためか！」

「な……っ」

この男が抱える酒呑童子の魂がそうさせるのか。

それともただ、あの方に一方的な理想や幻想を抱き、救いを求めているだけなのか。

それはわからないが、とにかくオレは、イラついた。

「たかだか最近出会ったばかりのお前が、あの方を語るな！」

イラついてイラついて、イラつきが高まったせいか、こいつの刀を振り払い、攻撃に転じて一太刀に鋭さを増す。

「茨姫を守るなどと大層なことを吐かしながら、オレに斬りかかるな。オレを殺そうとするな！　お前は何もわかっちゃいない。あの方のことを何も！　オレが死んだら、自慢じゃないがあの方は悲しむ！」

「……な、何を」

確かに、茨姫は言ったのだ。

オレが死んだら、全力で悲しいと。その言葉をオレは胸に刻んだ。

大切な人、大切な居場所、大切な時間、大切な心得。

あの方を守るということは、あの方の全てを守るということだ。

あの方が愛しているもの全てを、壊してはならない。

特に酒呑童子を殺すようなことがあってはならない。たとえそれで茨姫が生き残ったとして、その先に待つ暗黒の時間を、残されたものの悲しみを、オレは知っている。

それが全くわかってないくせに、一方的な愛を語るな！

「貴様の片思いなど知るかっ！　オレは千年、報われてない‼」

感情的になりすぎた。しかしそれが力となったのか、オレの怒りはライの攻撃を圧倒し、黒い刀を弾き飛ばした。自分でも驚くくらい、冴えた一撃だった。

ライはオレの言葉に酷く心を乱されたのか、刀を失い動揺したのか、その動きが鈍った瞬間があった。

それを見逃すことなく、オレは刀を捨てて、この男の鳩尾に拳を打ち込む。

それはもう、全力を込めて。

それはもう、あの時の、茨姫のように。

「がは……っ」

予想外の攻撃だったのだろう。

ライは受け身を取ることもできず、この拳を食らって、蓮の池の水面を転がり、向こう岸の柳の木に強く体を打ち付けた。

……全く。茨姫ときたら。

多くの男を無意識に惑わせておきながら、あの方はきっと、オレにもこいつにも応えやしない。当然だ。あの方の一番は、千年前に決まっているのだから。

だが決して、見捨てることもないだろう。

「はあ、はあ、はあ」

乱れた呼吸を整える。

一度捨てた刀を拾い、気を失ったライの下まで行き、その首元に切っ先を押し当てた。

こいつはこのまま、斬り捨てるべきだ。

たとえ酒呑童子の魂の半分を持っていたとしても、こいつは今後も、確実に、茨姫の害になる。オレの中で、強くサイレンが鳴っている。

茨姫ができないなら、オレがやるしかない。

悠長に、生かしておく必要などない。

だが……

『もし今後、ライに会うような事があったら、あの子を殺さないであげて。千年の恨みがあるのはわかるわ。だけど……あの子、何も覚えていないのよ』

茨姫は甘い。何も覚えていないからと言っても、こいつは酒呑童子の首を切り落とした張本人ではないか。

転生体にその罪がないというのなら、茨姫だって、かつて大魔縁だった頃の罪など、一切合切背負う必要などないのだ。因縁など……

「………」

なるほど、そういうことか。

オレがそれを、あの方に背負って欲しくないというのなら、こいつを殺すこともまたできやしない。

出来やしないのだ。

第八話　夜明けとともに

凛音は葡萄畑の館の、美しかったイングリッシュガーデンを血に染め、柳の木の傍らに佇んでいた。

狩人のライが、柳の木の幹に縄でぐるぐる巻かれ、念入りな術で縛られている。

「なんで、ライがここに⁉」

驚いた。気絶しているようだが、ライがここに来ているなんて思いもしなかった。

私は狼姿のジータから降りて、周囲を警戒する。

「ま、まさかミクズも⁉」

「いや。どうやらこいつは、一人でここまで来たようだ」

「一人で？」

ということは、独断で行動してここにやってきたということだろうか。

「あなたを吸血鬼から救いたかったのだろう。だがこいつを相手にしているうちに、ドラキュラ公を逃してしまった。ライの刀に刺されて致命傷を負っているに違いないが……まだすぐ近くにいる可能性がある。警戒は怠るな」

凛音は、ジータに周囲を調べるよう命じて、行かせた。

凛音に詳しく話を聞いたところ、凛音とドラキュラ公との戦いの途中、突然ライが乱入して来たらしい。ライによってあっけなく倒れたドラキュラ公だが、それだけでは、あの吸血鬼は完全に死んだとは言えないらしい。

いつの間にか、その死体が無くなっていた、とのことだ。

「凛音は、ライを殺さなかったのね」

正直なことを言うと、凛音は容赦しないと思っていた。

私が彼に、ライを殺すなと言っていたとしても。

「こいつを裁くのは、きっとオレでは無いからな」

「……リン」

色んなことを考えて、ぐっと感情を堪え、思い留まったのだろう。

きっと、私と馨のために……

なので、私は自分の眷属の頭をよしよしと撫でてやった。

凛音は不機嫌そうに顔を顰めたが、一方で照れ隠しのようにも見える。ヨシヨシ。

「ゴホン。しかしこいつは殺した方がいいと、オレはいつまでも……」

言葉の途中で、凛音がピクリと目元を動かし、視線を上げる。

「な……」

いつの間にか、頭上で何かが飛び交っていた。緋色の目を爛々と輝かせた、得体のしれない無数のコウモリだ。

「何あれ。この空間、コウモリまでいるの？」

「いいや、違う。あれは……ドラキュラ公だ！」

「ええっ!?」

状況がよくわからず混乱していると、上空から声が降ってきた。

『いかにも我が名はドラキュラ公。今宵、人の姿を失ってしまったが、その血さえ飲めば全て元どおり――私だけでも、お前の血を貰っていくぞ、茨木童子！』

無数のコウモリが、黒い群れを成して私たちを囲み、食いつく。

「きゃああっ！」

「茨姫！」

払っても払いきれないほどの数だ。

体のあちこちに、噛み付かれた刺すような痛みが走る。

凛音が必死に私の周りのコウモリを切り落としていたが、それでは間に合わない。

これら全てが、あのドラキュラ公だというのだろうか。バートリ夫人のような、屍人から成り代わった存在とは、何かが違う。

この吸血コウモリこそが、ドラキュラ公の正体――

『漲(みなぎ)る。力が、漲ってくる……っ。これが、太陽の光すら克服できるという、茨木童子の血の力か――』

マズい。このままでは血を吸い尽くされてしまう。

肉ごと、食い尽くされてしまう。

「……？」

その時、どこからか妙な音が聞こえた。

ピシピシ、ピキピキと、何かが割れるような音。

黒いコウモリに顔面まで覆われていたが、その隙間から、私は音の聞こえる夜空を見た。

空が……割れている。

ピシピシ、ピシピシと、闇空にヒビが入り、その隙間から、紫色のキラキラした何かが降りてくる。

あれは、何？　植物？

藤の花びらがひらひらと舞い落ちる。明るい光が差し込んでくる。

「キエエエェェェエエエ」

私に群がっていたコウモリたちが、甲高い鳴き声を上げ始め、私から離れていった。

それらのコウモリは、影を探して必死になって飛び狂っている。

直後、空に入っていたヒビが全体に広がり、まるでガラスの破片のように夜空のテクスチャーが激しく飛び散った。この狭間結界自体が瓦解してしまったようだ。

シュルシュルと空から降りてくるのは、藤の花の蔓。

そして、猛烈に差し込むのは、太陽の光だ。

空は突如として真っ青な真昼の色を成し、同時にあちこちで悲鳴が上がる。

吸血コウモリも、この空間にいた吸血鬼たちも、これではひとたまりもない。

こんなことができるのは、私が血を使って無理やり壊す以外だと、一人しか知らない。

「真紀！　無事かっ!!」

私の名を呼び、蒼穹より舞い降りたのは、黒く巨大な八咫烏に乗った黒髪の少年だった。

「馨……っ」

やはり、そうだ。

この空間をぶち壊し、私を助けてくれたのは、私の前世の夫である馨。

馨はなぜか陰陽局の制服を着ていて、陰陽局から貸し出された刀を腰にさしていた。

八咫烏から飛び降り、私に駆け寄って、あちこちから血を垂れ流す私を抱き上げた。

そして何度も名前を呼ぶ。

「真紀、真紀しっかりしろ！　俺だ！　なんて傷だらけなんだ。止血を……っ」

「大丈夫、大丈夫よ馨、落ち着いて」

馨の慌てようったらないけれど、私は大丈夫。

確かにあちこち、小さな傷跡はあるけれど、致命傷ってわけじゃない。

馨を心配させないよう、彼の腕の中にいる心地よさを一旦退け、ぴょんと立ち上がった。

そして私は柔らかく微笑み、馨を見下ろす。

「馨！」

「真紀……」

お互いの名前を謎に呼び合い、私は今一度、馨に抱きついた。

馨もまた、私をしかと受け止め、頬に頬を寄せて、大きな手で頭の後ろを包み込む。

「真紀ぃ！」

「馨〜っ」

ああ、馨の匂いだ。

たった数日しか離れていなかったのに、もうずっと会っていなかったような懐かしさに襲われ、たまらない気持ちになる。

「馬鹿野郎！　いきなり消えやがって！　いきなりいなくなりやがって！　どれほど心配したか……っ」

私はそんな馨に身を任せ、ピトッとくっついたまま、

「きっと馨のことだから、夜も眠れなかったと思うのよね。寝不足だったのにもっと寝不足にしちゃったわ。ごめんなさいね、馨」

あやすように、彼の背中をさすった。

私の体感日数より、もっと長い時間、馨にとって私は行方不明だった。

きっとあちこちを捜してくれたんだろう。

血眼になって、捜してくれたんだろう。

陰陽局にも頼み込んだんだろう。

たくさん、私の知らない戦いに赴いたのだろう。

「いいや、いいや違う。すまない真紀、すまない……っ。俺がもっとお前の側に居ればよかったんだ。バイトだの受験勉強だのに気を取られないで」

馨はなぜか、猛烈に反省している。

勝手にどっか行っちゃったのは、私の方なのにね。

「バイトや受験勉強だって、人生にとって大事なことよ？」

「そういうことじゃねえ！　ああもうっ、わかっていたけど真紀さんは余裕だな！」

半べその馨が、かわいそうでかわいい。とにかく愛おしい。

久々の馨の匂いと温もりに、やっぱり私は大きな安堵を得る。

「おい真紀。首に鼻を擦り付けて匂いを嗅ぐな」

「だって、実質一週間分、馨を摂取してないわけよ？　ここぞと取り込まなくちゃ。私にとって毎日摂取しなければならないのは馨成分なのね。ああ～、何だか噛み付きたくなっちゃった」

「こえーよ。お前は吸血鬼か」

いつものやりとりが戻ってきて、私と馨は今一度顔を見合わせて、クスッと笑い合う。

馨越しに、シュルシュルと無数の藤の蔓が空から降りてきて、陰陽局の退魔師たちがその蔓に掴まってこの空間に降り立つのが見えた。

津場木茜が慌ただしく指示を出している。この狭間には、おそらくまだ、陽の光を避けて隠れている吸血鬼がいるだろう。

それら全てを、残らず制圧するつもりだ。

「それにしても、よくここが分かったわね。いったい、どういうこと？」

馨に尋ねるも、答えたのは少し遠くで私と馨の再会を見守っていた、凛音だった。

「もともと、そういう計画だった」

「え？　計画？」

凛音は淡々と語る。

それは、以前のバルト・メローとの戦いの後から、始まっていた計画なのだと。

「バルト・メローとの戦いの後、オレは陰陽局の青桐に、密かに吸血鬼たちの情報をリークしていた。今回、三社祭のタイミングで赤の兄弟が動くこと。オレが茨姫をこの狭間に攫って隠すこと。その一週間後に、この狭間結界内で吸血鬼たちの一斉討伐、制圧を行うこと。浅草にある、ここ〝葡萄畑の館〟への出入り口の場所など」

「な……」

あんぐりと口を開ける私。

要するに、これは全て凜音の立てた計画通りだったということ？

「だったらそれを、どうして私に言っておかないのよ！」

怒った私が凜音に詰め寄るも、凜音は涼しい顔をして、

「情報を極力漏らさないためだ。あいつらの情報網、情報収集能力を舐めるな。悟られるだけで失敗する。茨姫など顔を見るだけで様々なことを読み取られてしまうからな」

「………」

まあ、凜音の言いたいことは、不本意ながらわかったわ。

しかし、凜音に攫われ、凜音を眷属にして、そして一緒に吸血鬼と戦う……それら全ての流れが、この男にとってのシナリオだったということであるならば。

「要するに私は……囮に使われたってだけじゃない……っ！」

凜音は口の端を僅かに上げて、そうだが？　みたいな顔してやがる。

う、うがあああああああ。

「教育的指導、教育的指導よ――っ、そこに直りなさい凜音！」

刀を拾って振り上げる私を、後ろから馨が羽交い締めにして、どうどう、と。

「抑えろ真紀！　吸血鬼たちの行動を最も読んでいたのは凛音だ。何かを一つ間違っただけで、手遅れな事態になっていたかもしれないんだ」

「……え？」

「現世(うつしよ)では、吸血鬼たちがお前を血眼になって捜していた。しかしそれでも、ザコばかりを掴まされて、二大権威だけはなかなか尻尾(しっぽ)を出さなかった。確実に奴らを仕留め、なおかつ赤の兄弟の大半の吸血鬼を包囲できる状況を生み出すには、この狭間結界に誘い込み、閉じ込めるほか無かったのだろう」

馨が意外と、凛音の行動への理解を示している。

おそらく私が攫われてすぐ、陰陽局の青桐さんにこの計画を知らされたのだろう。

「とはいえ凛音！　お前、真紀になんか変なことしてねーだろうな、ああ⁉」

今度は馨が凛音に詰め寄る。

馨にとっては、約一週間、私が他の男と過ごしていたことになるからね。ジェラシーを隠しきれないのでしょうね。ウンウン。

凛音はこの問いかけに、顎(あご)を反らせ、

「ふん。眷属にしてもらったぞ」

なぜかすこぶるドヤ顔だ。

これに対し、馨はバチバチに凛音を睨(にら)みつけ、

「なんで子分にされただけで得意げなんですかねえ⁉　偉そうなんですかねえ⁉」

男と男の嫉妬と対抗意識が、こんな場所で渦巻く。

それに挟まれている私は、なんというか、お腹が空いた。モテる女は辛いわー。

「茨姫様、ご無事で」

「ミカ！」

私の膝に飛び乗った三本足の小さなカラスは、可愛い我が眷属の末っ子だ。

久々にぎゅっとして、背中や嘴を撫でてやる。

「みんなは無事？　スイは？　木羅々は⁇　おもちは泣いてない⁉　虎ちゃんや熊ちゃん怒ってない？　組長は過労死してない⁉」

一気に質問すると、ミカはパチクリと片方の黄金の瞳を煌めかせ、

「はい！　みな無事ですし、頑張りました。今は狭間の外で待機していますが、茨姫様のお帰りを一同、お待ちしております。おもちだけはしばらくグズっていましたが、その分、馨様が一生懸命あやしていました。僕もいつも以上に遊んであげましたよ！」

「そっか。よかった〜」

浅草のみんなが無事だということで、胸を撫で下ろす。

むしろ、皆を不安にさせてしまっただろうから、早く帰って、元気な姿を見せてあげたい。おもちにも、ママがいなくて寂しい思いをさせてしまったしね。

「……おい」

そんな時、津場木茜の低調な声が聞こえてきた。

私はハッとそちらを向く。津場木茜は、柳の木に縛り付けられているその男の前に膝をつき、確認している。

「こいつ、誰だ。まさか狩人の……ライか？」

そして何に勘付いたのか、顔を隠していたフードを払う。

ハッとした表情のまま、彼は固まっていた。

しまった、と思った。だけど私は、言葉も出てこなかったし、体も動かなかった。

「どうした、茜」

馨が不思議そうな顔をして、そちらへ行く。

そして、ライの顔を確認し、ジワリと目を見開いた。

「ど、どういうことだ。なぜ、こいつが俺と同じ……同じ、顔をしているんだ？」

馨が声を絞り出す。

その表情は驚愕に彩られ、瞳は動揺とともに揺れている。

私はぐっと拳を握りしめた。いよいよ、馨にこのことを告げる時が来たのだ。

「あ、あのね、馨」

それを確信して、私が口を開きかけた、その時だ。

柳に体を縛られているライから、微かな声が聞こえた。

「……す……」

ハッと、私たちがライの目覚めに気がついた時にはもう、ライはその額に呪詛の模様を浮かび上がらせ、迷いなく私たちを睨みつけている。いえ、馨を。

「殺す……天酒……馨……っ」

私たちが動くより早く、ライの逆立った霊力が、高波のように周囲に広がる。

「!?」

それはライを縛っていた縄を粉々に弾き飛ばし、側にいた私たちを距離のある場所へと追いやった。

体を引っ掻くような霊力波。その隙間から、何とかライを見据えた。

傷ついた体の痛みなど無いというように、ライはゆらりと、その義足で立ち上がる。

額に浮かんでいた呪詛は、すでに右頬、右首を巡って、右の腕から中指、爪の先にまで及んでいた。

なんだ、あれは。

鈍く光るそれは、異様な怖気を感じさせる。

ライが馨と同じ顔をしていることへの動揺を、誰もがまだ引きずっているというのに、あの呪詛のせいで私たちは体の動きを鈍らせていた。

「ミクズ様、俺に、あの男を殺す力を！」

ライは刀すら持たず、義足で地面を蹴る。

私たちは何とか身構えていた。動揺していたが、決して、油断などしていなかった。

馨と私が並んで立ち、その前に凛音と津場木茜が出る。

馨に指一本触れさせやしない。馨もまた、自分と同じ顔をした少年と、刃を交える覚悟だった。

だけど——

それすら上回る速度で、ライはいつの間にか、背後にいた。

私の背後に。

呪詛を纏わせ、鋭さを帯びた右手で、迷いなく貫いたのは、私の背中。

背中から腹部にかけた、私の体だった。

「……あ……っ」

その手刀は、黒い刀に匹敵するあやかし殺しの力を秘め、鋭い刃と同等の切れ味を備えていた。

誰もが予想外だった。

誰もが、ライは馨を狙うものだろうと思っていた。だから、何より馨を守る体制だった。

私もそう思っていた。ライは、私を殺せはしないと。

そんな、思い上がった、勘違いのせいで……

「ライ……あなた……っ」

私は背後のライに、かろうじて視線を向け、グッと睨む。

「あ……」

ライの表情は、驚愕と絶望の二色だ。まるでその行動は、彼自身、予想外であったかのように。

ガタガタと体を震わせ、私の背中から、その手をズルリと引き抜いた。

「が……っ、は……」

同時に私の体が崩れ落ちる。みるみる体の力が抜け、激しい痛みと共に、もう、立ってなどいられなかった。

血を吐く。血が流れ出す。

大量の、生温い血溜まりができている。

そこに顔と体を半分浸しているのがわかる。それだけが感じられる。

「どういうことだ……どういうことだ……どういうことですか、ミクズ様……」

ライもまた膝をつき、愕然としたまま血に染まった手を見つめ、

「あなたは天酒馨を殺せと僕に……っ、そしたら真紀の命は助けてくださると……っ、言ったではないですか、ミクズ様ああああああああああ」

天を仰いで、絶叫した。

ミクズ。ミクズ。やはりお前か。

お前、いったいこの子に、何をしたというの。

『んふふ。そこの輩と同じことをしたまでです。偽るのなら、身内から——』

どこかから、笑いを堪えたような腹たつ声が聞こえてくる。

『んふふ、ふふふふ、あっはははははははははは、勝った！　勝ったあ‼　あの茨姫に勝ったあああああああああ！』

ああ、嫌だ。最悪な気分だ。

白も黒もない。

盤上に真上から叩きつけ、全てを覆す。あいつらしい、ぶち壊し方だ。

ミクズにとっては、ライも、吸血鬼たちも、この時のための駒だったのだろう。

「……許さないから」

私は横腹に穴を開けた状態で体を引きずり、膝をついて放心状態のライに、ズリ、ズリと近寄る。

「逃げたら、お前を、許さないから」

また口から血を吐き、だけどライだけを睨むように見つめ、確かな口ぶりで私は言葉を紡いだ。

ライはそんな私を、恐怖に染まった瞳で見つめ返している。

馨と同じ、その顔と、その目で。

「その代わり。私はあんたを、もう否定も拒絶もしない……っ」

もう、来栖未来という存在から逃げない。

あなたという存在を、ここにいるみんなで、考えて、受け止めるから。

「だから……っ、私の手を……」

この手をとって。

もう、あの女のところへ戻ったりしないで。

間違いだらけの私とあなたを、もう一度、ここから始めましょう。

「真紀……ま……」

しかしライが、来栖未来が私の手を握り返してくれる前に、私の体は言うことを聞かなくなった。

そのまま、プツンと。

無理やり電源を落とされたかのように、私の視界が消えて無くなる。

全部、真っ白。寒い。血の匂いすらない。

「真紀……真紀！　真紀ぃいいいいっ！」

馨が私の名前を呼んでいる。それだけが、何となくわかった。

だけど馨の姿も、もう見えない。

ごめんね、馨。もしかしたら私、またあんたに心配をかけるかも。

今度はちょっと、しんどいかも。

今までの、気を失って意識が遠のく感じと違って、それは確かに、私を呑み込み、引き摺り込んで行くの。

ものすごく深い。

深い、奈落の、底まで。

《裏》　茜、残された者たち。

俺の名前は津場木茜。

今しがた、吸血鬼の同盟〝赤の兄弟〟を一斉制圧したところだ。

勝利は確定的であったのに、最後の最後で全てが覆された。

あの茨木真紀が、狩人(かりゅうど)の〝ライ〟によって、致命傷を負わされたのだ。

誰にも、止めることができなかった。

天酒馨と同じ顔をしていた、ライという少年。それに誰もが動揺してしまったのもあるが、圧倒的に、あいつの殺意と速度が、俺たちの反応を上回ったのだ。

あの天酒馨や茨木真紀ですら、この悲劇を避けることができなかった。

一撃の雷光。

音が鳴った時にはすでに終わっている。

そんな、あっけない、一瞬の出来事だった。

「真紀、真紀！」

陰陽局直属の病院に搬送された、茨木真紀。

天酒馨が、青い顔をして名前を呼び続けているが、正直かなりマズい状況だ。

重篤なのは俺が見てもわかる。

横腹に穴を開け、相当な血を失ったのだ。

今まで、怪我を負ってもピンピンしていた茨木真紀が、今回ばかりはライの一撃に倒れ、容体はみるみる悪くなっていく。

ライ本人の持つ天性のあやかし殺しの力が、元あやかしであるこの女にも何かしら影響を与えているのだろうか。それともミクズの力だろうか。

集中治療室に運ばれて、茨木真紀は治療を受けた。

その間、誰も言葉を発することができなかった。

張り詰めた沈黙が続き、この俺ですら、耐えられないほど荒れた霊力を感じ取っていた。

天酒馨、水蛇、八咫烏、鬼藤、吸血鬼……

あの女を大事に思う者たちの、重苦しい霊力だ。

鵺である夜鳥由理彦と、陰陽局の青桐さんが、ここで俺たちと合流した。

「大変危険な状態とのことです。このままでは……時間の問題だと」

青桐さんに、複雑そうな顔でそう告げられ、空気が凍った。

天酒馨の表情が、誰より凍りついた。

「何が、時間の問題なんだよ」

天酒馨が青桐さんの襟に掴みかかり、詰め寄る。

「それはもしかして、真紀が、真紀が死ぬって……死ぬってことかよっ！」

明らかな動揺。いつもムカつくほどスカしていて、何事も余裕ぶってたこの男が、こんなにも恐れ、怯えた表情をするとは。

「馨君、落ち着いて」

鵺が天酒馨の肩を引く。

今、こいつにまともに語りかけることができるのは、鵺くらいだ。

「……由理」

「落ち着いて、馨君。君が狼狽えてしまったら、僕らはどうにも動けない」

その言葉がしっかり奴の心に届いたのか、天酒馨はぐっと奥歯を噛んだような顔つきになり、ふらつきながら待合の長椅子に座り込んだ。

そして、頭を抱えて、声を震わせる。

「由理。俺は見たんだ」

「……何を見たんだい、馨君」

「あいつ、俺と同じ顔をしていた」

あいつとは、ライのことだ。茨木真紀を刺した後、暴れることも逃げることもせず、呆然としたまま陰陽局に捕らえられた狩人。

あいつの顔はまさにこの天酒馨と瓜二つだった。

いったいどういうことだ。生き別れの双子？　兄弟？

いいや、そんな感じじゃなかった。もっと根本的な何かが、天酒馨と同じだった。

天酒馨も、とっくに何か、勘付いている。

「あいつの顔を見た時、一瞬でピンときた。あいつは、俺だ。何がどうしてそうなっているのかは分からない。だけど、俺と同じ。同じなんだ。それでいて、あいつは俺を憎んでいる。だからこそ……っ」

自らの顔を手のひらで覆い、その隙間から見開いた眼を覗かせて、

「どうして真紀なんだ。どうして俺じゃなくて、真紀が……っ」

何よりそれが理解できないと、こいつは言葉を吐き捨てる。

俺にも、何が何だかさっぱりだ。

「違う。ライは、酒呑童子じゃないよ」

「……由理？」

「狩人のライは、源　頼光の生まれ変わりなんだ」

鵺が、この局面で真実を告げた。

おそらく今まで、口止めされていたのであろう真実を。

退魔師界で知らぬものなどいない英雄の名前に、俺もまた反応した。

天酒馨も、絶望に染まったままの顔を上げて、自分の親友に問い返す。

「源頼光の……生まれ変わり？　それは、どういうことだ。ならなぜ、俺の、顔が」

おそらく言葉にしながら、奴は自分自身で、悟る。

「まさか、酒呑童子が源頼光に首を切られた時、何か、起こったのか？」

ゆっくりと、天酒馨の呼吸が荒れる。

まるで、何か、とてつもなく知りたくなかったことに、気が付いてしまったとでもいうように。

「そう。酒呑童子とライの顔がそっくりだったのは、あの子が酒呑童子の魂の半分を抱え込んでいるからなんだ」

鵺だけが冷静に答える。

その言葉を、ここにいた茨木童子の眷属（けんぞく）たちも、黙って聞いていた。

「あやかしの魂を断ち切る〝童子切（どうじきり）〟という刀があっただろう。あれで酒呑童子の首を落とした後、源頼光は自らの体内に、その〝首〟に残っていた魂を封じた。馨君、君は〝胴体〟に残った半分の魂の生まれ変わりなんだ。だから、千年経った現代で、このような拗（こじ）れまくった事態になっている」

「…………」

「真紀ちゃんは既に……そのことをライに知らされていた」

おそらくこの中にも、そのことを知っていた者が何人かいたのだろう。

だが俺は知らなかった。

同じように、天酒馨も初めてその真実を知り、酷く驚かされている。

「ははは……っ」

乾いた笑い声が、この場に虚しく響いた。

「また……俺は、何も知らずに、真紀ばかりを苦しめていたってのかよ」

天酒馨は、自らの膝を拳で叩く。何度も、何度も。

「くそっ、くそう……っ」

どうにかして、やりきれない感情を抑え込もうとしている。

多くの葛藤に苛まれているんだろう。なぜ茨木真紀は、自分にそのことを、知らせてくれなかったのか、と。

「違う。酒呑童子のせいではない。何もかも、オレの責任だ」

今度は、銀髪の吸血鬼が自責している。

「やはり、あいつは、オレが殺しておくべきだった。オレが、生かしてしまったのがそもそもの過ちだ。茨姫の慈悲深さに感化されて……彼女がそうだからこそ、オレがあいつを裁くべきだったのに……っ」

こっちも相当なダメージを受けている。壁に向き合い、額をつけて、倒れそうな体を支えているように見える。それを水蛇の水連(すいれん)が、心配そうに見ている。

その時、集中治療室の扉が開いた。

様々な治癒の術が組み込まれた札を身体中に貼り付けられ、カプセルのようなものに横たわった茨木真紀が、出てくる。

そのまま、特殊な霊力病室に移され、俺たちはそれについていった。

「真紀……っ」

眠り続ける前世の妻の姿を、天酒馨はカプセルのガラス越しに見つめている。

最先端の霊力治療を施され、尽くせる手を尽くした形だ。

それでも、茨木真紀は目を覚まさない。

「茨姫様、目を開けてください」

「こんなところで死ぬなんて、許さないのよ」

眷属の深影(みかげ)と木羅々が、涙を流しながら茨木真紀に声をかける。

だが、水連だけは片眼鏡(モノクル)を押し上げ、冷静に告げた。

「このままでは、間違いなく真紀ちゃんは死んでしまう。肉体はかろうじて生きているが、魂がここに無い」

奴はこの手の医者でもある。見ただけで、茨木真紀の状況がわかったのだろう。

「どういう……ことだ、水連」

天酒馨が振り返る。

「もうほとんど死んでるって意味だよ、馨君」

「……っ、貴様⁉」

天酒馨が、目を見開いて水連に掴みかかる。

「真紀が死ぬだって⁉　どうしてお前が、お前がそんなことを口にできる！」

「…………」

「そんなことがあってたまるか！　そんなこと……っ、真紀が死んだら……俺は……っ」

そして、体がズルズルと崩れ落ちる。

「真紀が死んだら俺も死ぬ！　真紀が死んだら……っ、俺が生きてる意味なんて一つもないんだ！」

奴の叫びが、病室中に響いた。

全身を震わせて、絶望に打ちひしがれて、周りを憚(はばか)ることなく泣いていた。

駄目だ。こういうのは見てられねえ……

「馨君、君の気持ちもわかるけれど、茨姫はそれでも生きたよ」

それは、どこまでも冷たい目をした、水連の言葉だった。

「君がいなくなっても、生きたよ」

凍りついた怒りに満ちた言葉。

水連はそれを、こいつだけには、言わずにおれなかったのだろう。

「…………」

天酒馨はその言葉に何を思ったのか、ゆっくりと顔を上げる。

眠り続ける茨姫――

おとぎ話にもそういう〝茨姫〟がいた。眠れる森の美女とか言ったか。

天酒馨は、そんな茨木真紀を見下ろし、震える手でカプセルの表面に触れた。ちょうど、顔というか頬あたりを、愛おしそうに。

歯を食いしばって、色んな悲しみや苦しみに耐えようとしているのがわかる。だが、涙だけは、いまだ止めどなく溢れていた。

あんなに強い天酒馨が、ここまでガタガタ、ボロボロになってしまうのを見るのは辛い。余裕がない。弱い。

男っていうのは、カミさんに先立たれるとぽっくり逝くとかいうが、その意味がよくわかる。男はこういう時に弱いんだ。

学生の彼氏と彼女とはいえ、天酒馨と茨木真紀は、俺が見る限りベタベタしたカップルではなく、まさに熟年夫婦といった感じの二人だった。

それでも、俺はちゃんと覚えている。

京都の修学旅行で、酒呑童子の首を見つけた時の茨木真紀の激情と、この女を迎えにきた天酒馨の決意を。

あまりに深すぎる愛に、俺もまた、大きな衝撃を受けたんだ。

同世代の、高校生。一見普通の少年と少女が、ここまで深く、真に愛し合っている姿を、俺は初めて見たからだ。

なのに俺は、二人を守ってやることができなかった。

こいつらを守るために、側にいることを命じられていたのに。

どこでどう、間違ってしまったのか。

いや、最初から何もかもが間違っていたのか。

こいつらを巡る因果の全て。

複雑な〝真実〟を、俺はまだ、何も知らなかったんだ。

「……くそっ」

やるせないものがこみ上げてきて、小さく声に出して吐き捨てた。

もう、何もかも遅いってのか。手は無いっていうのかよ……っ。

「茨木真紀は、まだ、助けられるぞ」


その時だ。

唐突に病室の扉が開き、室内に入ってきたのは白衣の医師、ではなく教師である。

「叶(かのう)……」

叶冬夜(とうや)。この男の存在を、俺たちはすっかり忘れていた。

叶さんは今一度、言った。

「茨木真紀は、助けられる。かもしれない」

「かもしれない？　いったいどういうことだ、貴様！」

吸血鬼の凛音が叶さんを睨(にら)む。

殺気立っているのは、こいつもまた余裕がないからだ。

だが叶さんだけは、のらりくらりとしたまま、眠る茨木真紀の傍らに立つ。

何の感情も感じさせない目で、この女を見下ろしている。

「ある、秘術を知っているか？」

叶さんのこの問いかけに、まずピンときたのは鵺だった。

「まさか、泰山府君祭……ですか？」

誰もが、その禁忌の術の名に、何かしら反応を示した。

「そうだ。あれは死者を蘇らせる術。正式には、魂を黄泉の国から引き戻す術だ」

俺もまたじわじわと口と目を開いていく。

「お、おい待て！　泰山府君祭は……その術はもうずっと昔に禁止された、禁忌中の禁忌だぞ！　それを行うと現世が多くの厄災に見舞われる。そもそも、それができる術師なんて陰陽局の幹部を探したって……」

俺はそこまで言って、ハッとした。

いや、いる。それができる人間が一人だけ。

目の前にいるこの男は、あの安倍晴明の生まれ変わりなのだから。

「だが、この術を行使するには、やるべきことが多い。下手したら先に、茨木真紀の肉体の方が保たない」

「死なせやしないよ、この俺が」

水蛇の水連が、静かな決意をその目に灯して告げる。

「死なせやしない。真紀ちゃんの体は、俺が持ちこたえさせる。彼女が生き返る可能性が、少しでもあるというのなら」

「…………」

それを聞いて、叶さんは次に、隣の天酒馨に視線をやった。

「ならばまず、茨木真紀の魂を連れ戻しに行かなければならない。わかっているか、覚悟しているか、天酒馨」

さっきからずっと、静かすぎるくらいの、この男に。

天酒馨はゆっくりと立ち上がり、叶さんに向き直った。

「頼む……叶。俺が何だってする。必要なものがあるなら何でも揃える！　何だってくれてやる……っ」

縋った。前世の敵に、全てを差し出す覚悟で。

「どこにだって、真紀を、迎えに行く……っ。だから、頼む。真紀を、助けてくれ！」

「…………」

叶さんは一度目を閉じ、そしてゆっくりと開く。

白衣のポケットから手を出し、指で、カプセル上に表示されたモニターを操作した。

カプセルが開き、茨木真紀の、生身の額にその手を押し当てる。

「体内に魂が宿っていない。しかし体はかろうじて生きている。普通は逆だ。体が死んでやっと、魂が行き先を知り、成仏する」

聞いたことがある。肉体の死後、成仏には少し時間がかかるのだ、と。

「この状況がどういうことかわかるか？　この女が、なぜ魂だけ先に召されてしまったのか。その理由は、茨木真紀の魂を我先にと、そこへ引きずり込んだ者がいるからだ」

「そこって……？　まさか、黄泉の国じゃあないですよね」

鵺が問う。

この人が何を言いたいのか誰も理解できない。俺にもよくわからない。

だが叶さんはフッと皮肉めいた笑みを浮かべ、

「黄泉の国ならまだいい」

茨木真紀の額に押し当てていた手を離し、そのまま魂の落ちた場所を、指差す。

そう、真下に。

「――地獄（じごく）」

当然と言いたげに、この人はその場所を口にした。

「茨木真紀の魂が落ちた先は、地獄だ」

あとがき

こんにちは。

最近実家に帰省したところ、流行りのウイルス性胃腸炎にかかってしまって、一家全滅の危機を乗り越えたばかりの友麻碧です。はい、とってもしんどかったです。

浅草鬼嫁日記シリーズ第八巻をお手に取っていただきありがとうございます。

今回、表紙もヒーローポジションも凛音にジャックされてしまい、旦那様の馨君の立場がありませんが、馨君には次巻で頑張ってもらいましょう。ええ、とんでもない終わり方をしてしまいましたから……

このお話を書くにあたり、友麻は吸血鬼について色々と調べていた訳ですが、吸血鬼ってなかなか面白いというか、世界でヴァンパイアものが人気の理由も頷けるほど、興味深いです。いつか吸血鬼が主軸のお話を、友麻も書いてみたいなあと思うほどに。

とりあえず我が家の吸血鬼・凛音君は、最初は目的も意味不明なスカしたイケメンでしたが、最終的に愛に熱い男に成長しました。いやまさか、彼がこんなに愛に生きる系キャラになるなんて、私も予想だにしなかった訳です。書きながら何回か笑いました。大江山時代を、凛音視点で描けたのも楽しかったです。大江山時代の酒呑童子や茨木童子については、もっとエピソードを掘り下げたいと思っておりました。シュウ様と茨姫のバカップルっぷりが新鮮で、この二人にもこんな時代があったんだなあと、しみじみ思ったり。

さて。物語が佳境に差し掛かって参りました。

次巻はいよいよ、大魔縁茨木童子の真実に迫る地獄編となります。

地獄にも愉快な住人がいそうです。それはそうと、色々としんどい状況が続きそうですが、真紀を救うために多くの人間、あやかしたちが動き始めます。どうぞあやかし夫婦の物語の行き着く先を、お見逃しなく。

宣伝コーナーです。

藤丸豆ノ介先生によるコミカライズ版浅草鬼嫁日記が、pixiv コミック内のビーズログCHEEKにて連載中です。5月に単行本第4巻が発売となる予定ですので、是非是非チェックしてみてください。好評だった原作第三巻、修学旅行編のエピソードに突入しており、とても盛り上がっております。

浅草鬼嫁日記八と同日に、友麻のもう一つのシリーズ『メイデーア転生物語』の第2巻が発売しております。こちらのシリーズもありがたいことに続々重版しており好評ですので、よろしければチェックしてみてください。コミカライズも月刊Gファンタジー様にて連載中です。

担当編集さま方。

今回も原稿を完成させるにあたり、年末のお忙しい中で大変お世話になりました。いつも的確なご指摘をいただき、感謝しております。

イラストレーターのあやとき様。

今回はやはり、凜(りん)とした佇まいの凜音が魅力的です。真紀と凜音の絶妙な距離感を描いていただきました。

そして、読者の皆様。

書きたいと思っているエピソードを、存分に描いていけるシリーズは、本当に幸せだと思っております。酒呑童子と茨木童子、千年前から続く因縁の物語が、いよいよ大きな山場を迎えようとしていて、私も気を引き締めてこのシリーズに向かい合わねばと思っているところです。ここからグッと盛り上げていきますので、どうぞ引き続き、お付き合いいただけますと幸いです。

第九巻は秋頃の発売を目指しております。
次の物語で皆様にお会いできる日を楽しみにしております。

友麻碧

お便りはこちらまで

〒一〇二―八一七七
富士見L文庫編集部　気付
友麻碧（様）宛
あやとき（様）宛

富士見L文庫

浅草鬼嫁日記　八

あやかし夫婦は吸血鬼と踊る。

友麻 碧

2020年3月15日　初版発行
2022年6月20日　再版発行

発行者　青柳昌行
発　行　株式会社 KADOKAWA
〒102-8177　東京都千代田区富士見2-13-3
電話　0570-002-301（ナビダイヤル）

印刷所　株式会社 KADOKAWA
製本所　株式会社 KADOKAWA
装丁者　西村弘美

定価はカバーに表示してあります。　◆◇◇

●お問い合わせ
https://www.kadokawa.co.jp/（「お問い合わせ」へお進みください）
※内容によっては、お答えできない場合があります。
※サポートは日本国内のみとさせていただきます。
※Japanese text only

ISBN 978-4-04-073284-8 C0193

かくりよの宿飯
あやかしお宿に嫁入りします。
友麻 碧
富士見L文庫

後宮妃の管理人

著／しきみ 彰　イラスト／Izumi

後宮を守る相棒は、美しき(女装)夫――？
商家の娘、後宮の闇に挑む！

勅旨により急遽結婚と後宮仕えが決定した大手商家の娘・優蘭。お相手は年下の右丞相で美丈夫とくれば、嫁き遅れとしては申し訳なさしかない。しかし後宮で待ち受けていた美女が一言――「あなたの夫です」って!?

【シリーズ既刊】1～2巻

富士見L文庫